天地外國經典文庫

A Moveable Feast

流動的盛宴

[美] 歐內斯特・海明威 著
Ernest Hemingway

湯永寬 譯

總序

多元化是香港文化的特徵之一，作為中西文化的薈萃之地，香港文化人手中的讀物，既有四書五經、唐詩宋詞、胡適陳寅恪，也有聖經和莎士比亞、培根和狄更斯。香港文化發展史，其中必不可少的一部份內容就是文化交流史。所謂文化交流，於香港人而言，就是研究和介紹由外國先進思想衍生的普世價值，以及各國的優秀文學作品，作為發展香港文化的借鑒。用著名學者錢鍾書先生的話來說，就是「東海西海，心理攸同；南學北學，道術未裂。」[1] 翻譯家傅雷先生在〈翻譯經驗點滴〉一文中說：「中國人的思想方式和西方人的距離多麼遠。他們喜歡抽象，長於分析；我們喜歡具體，長於綜合。」[2] 可見，同為人類，中國人和西人「心理攸同」；作為不同人種，他們的思維方式各有短長。香港各大學設英國語言文學系、翻譯系、比較文學系，文學院有歐洲和日本研究專業，目的就在於此。在這方面，香港有着足以驕人的成就。茲舉一例。有學者考證，俄國大作家列夫·托爾斯泰最早的中譯本《托氏宗教小說》就是香港禮賢會出版的（時在清光緒三十三年即一九零七年），以此為嚆矢，托爾斯泰的各種著作以後呈扇形輻射到全國各地，被大量迻譯成中文出版，對我國文學界和思想界產生了深遠的影響。[3] 再舉一例，上世紀六、七十年代，香港今日世界出版社聘請了多位著名翻譯家、作家和詩人如張愛玲、余光中、劉以鬯、林以亮、湯新楣、董橋，迻譯了一批美國文學名著，其中包括《美國詩選》《老人與海》《湖濱散記》《人間樂園》等書，到九十年代，這一批書籍已成為名譯，由內地出版社重新印行，對後生學子可謂深致裨益。

本經典文庫的第一和第二輯書目共二十冊。所謂經典，即傳統的權威性著作。它們有別於坊間流行的通俗讀物，以深刻、恢宏、精警見稱，在文學史、哲學史、思想史上具有崇高的地位，古今俱備，題材多樣。作為西方現代派文學的鼻祖，奧國作家卡夫卡的短篇小說《變形記》荒誕離奇，寓意深刻，揭示了社會中的各種異化現象。英國女作家伍爾夫的長篇小說《到燈塔去》以描寫人物的內心世界見長，她是最早運用「意識流」手法進行小說創作的作家之一，語言富有詩意。法國作家加繆的小說《鼠疫》《局外人》，是治文學和哲理於一爐的存在主義名著，與同為存在主義作家的薩特齊名，在上世紀五十年代中亦因此而獲得諾貝爾文學獎。文庫還收有短篇小說集《都柏林人》（愛爾蘭小說家喬伊斯）及《最後一片葉子》（美國小說家歐·亨利），前者由傳統走向革新，更以代表作、意識流長篇小說《尤利西斯》奠下現代派文學的基礎。歐·亨利以堅持傳統的寫作手法而被稱為美國短篇小說的創始人。希臘哲學家柏拉圖的《對話集》，既是哲學名著，也在美學史佔有重要地位，在散文史上開了論辯文學之先河。英國作家奧威爾的小說《動物農場》，與他的《一九八四》同為寓言體諷刺小說的名著，在當今文學史上享有盛名。意大利作家亞米契斯的兒童文學作品《愛的教育》，早在上世紀初就由民初作家夏丏尊從日譯轉譯為中文，是當時傳誦一時的日記體文學作品，夏氏是我國新文學史上優秀的散文作家，譯文暢達，是以初版迄今，在兩岸三地屢屢重版。英國小說家毛姆的長篇小說《月亮和六便士》，以法國印象派畫家高庚為原型，它刻畫的人物人情練達，冰雪聰明，筆致輕鬆流麗，幽默感人。而這位作家的另一部小說《面紗》，雖非他最著名的作品，但有一點值得注意，這是以香港為背景的經典名著，而且在二零零七年經荷里活改編為電影（譯名《愛在遙遠的附近》）。英國小說家赫胥黎的長篇小說《美麗新世界》，與奧威爾的《一九八四》、俄國作家扎米亞金的《我們》，被譽為文學史上三部最有名的反烏托邦小說。美國小說家海明威的中篇小說《老人與海》，因「精通敘事藝術以及對當代風格的有力影響」而獲得一九五四年諾貝爾文學獎。本輯還收有同一作家上世紀長居巴黎時構思的特寫集《流動的盛宴》，兩書體裁雖略有不同，但都表現了海明威含蓄凝練、搖曳生姿的散文風格。兩輯收入風格迥然不同的兩位日本作家的作品，太宰治被譽為「日本毀滅型私小說家」的代表人物；永井荷風則與川端康成、谷崎潤一郎等唯美派大作家齊名。第二輯新增兩部詩集，其一為《莎士比亞十四行詩集》，其二為《泰戈爾散文詩選集》。前者是西洋詩歌史上最深宏博大的十四行詩集；後者雖然詩制精悍短小，但給予中國早期新詩的影響卻不容小覷，我們可以從胡適、徐志摩、冰心等人的小詩中窺見他的影響。

由於歷史和語言的原因，香港的文化交流存在一定局限性，未能臻於全面。它較集中於英美和日本，其他地域文化如古希臘羅馬、印度、德、法、意、西班牙、俄羅斯乃至拉丁美洲則較少為有關人士顧及。顯然，這不利於開拓香港學子的視野，對他們的思想深度也有所影響。有見及此，我們與相關專家會商，擬定出一套外國經典文庫書目，經資深翻譯家新譯或重訂舊譯，向讀者推出一系列包括文學、哲學、思想、人文科學的經典譯著，分為若干輯次第出版。藉以供香港讀者重溫他們所諳熟的英美日作家、學者的著述，也得以新讀希臘、意大利、法國等國先哲的力作。

以後各輯，我們希望能將書目加以擴大，向有一定文化程度的讀者尤其是青年學子，提供更多的經典名著。

對迻譯各書的專家和撰寫導讀的學者，我們謹此表示深切的謝忱。

天地外國經典文庫編輯委員會

二零一九年二月二十日修訂

註釋：

[1]《談藝錄．序》，中華書局（香港）有限公司，一九八六年版。

[2]《傅雷談翻譯》第八頁，當代世界出版社，二零零六年九月。

[3] 戈寶權〈托爾斯泰和中國〉，載《托爾斯泰研究論文集》，上海譯文出版社，一九八三年版。

目錄

導讀

流動的盛宴——擁有整個巴黎的海明威

海明威一直是我的文學偶像。

大學期間讀過他的首部長篇小說《太陽照常升起》（*The Sun Also Rises*, 1926），立即被那簡練而藏有無限張力的文風折服；認識他的生平事跡後，更傾倒於他以一介小說家投入歷史漩渦的絢爛人生。遍覓世界知名作家，似乎再也找不到比海明威更富英雄氣概和文學魅力的作家了。後來遍讀他的作品，《流動的盛宴》（*A Moveable Feast*, 1964）成為我最愛的散文集，在海式富節奏的文字河流裏，整個巴黎在年輕的我腦海裏浮浮沉沉，如輕盈而幽遠的夢。不久後看到活地亞倫拍攝《午夜巴黎》（*Midnight in Paris*, 2011），以電影向一九二零年代的海明威和巴黎致敬，將巴黎描繪成地球黑夜裏最美的一隅。自此，那一段屬於西方文學黃金時代的歲月便如凝固的雕像，屹立於巴黎的土壤上。

畢業後，我隻身前往歐洲旅行，手捧着英文版《流動的盛宴》，跟隨海明威的步韻，在巴黎流連了一整個星期。獨自走過書中描寫的每個地點，待得每天晝夜更迭，夕陽和月亮各自投下巴黎的影子。我感到些微寂寞，總想像着有書中的人物伴我同遊巴黎的每一條青石街道，與我有說有笑，最後走到了塞納河左岸的莎士比亞書店，於綠黃招牌裝潢的店前留下畢生回味的照片。記得書店主人西爾維亞·畢奇（Sylvia Beach, 1887-1962）寫過回憶錄，說二戰時海明威隨軍隊攻入巴黎，解決了書店周圍的狙擊手，與她擁抱並說下一步要解放巴黎的酒窖。

屬於海明威和我們的巴黎

《流動的盛宴》寫於海明威自殺前幾年，他接受了電痙攣治療後幾近喪失創作能力，幸而因緣之下尋回年輕時遺落在巴黎麗姿酒店的書稿，依靠書稿加以修改，才完成了這本充滿年輕人成長氣息的「回憶錄」。本書記載海明威一九二一年至一九二六年於巴黎的生活。不久之前他參加第一次世界大戰，被流彈炸傷，住院期間與一位護士相戀，後來護士又離他而去，這段經歷被他寫成了《戰地春夢》（*A Farewell to Arms*, 1929）。傷感的他回國後，與年長他八歲的哈德莉結婚，靠妻子所獲的遺產以及擔任《多倫多星報》駐歐記者的身份，搬到當年物價低廉的巴黎生活，以無比的決心努力寫作，結交當世著名的作家和評論家，一心想要成為大作家。那時他二十歲出頭，滿是年輕人的朝氣，意志堅定，信心十足，在咖啡館寫作，到巴黎的大街小巷散步，將巴黎的每一片風景、每一瞬間的美麗盡收眼底，彷彿整個巴黎都屬於他，也同時屬於正在閱讀此書的我們。

努力寫作

海明威建造了每個年輕寫作者的夢想——搬去浪漫之都巴黎，專心致志地寫作，結交大作家，並成為一代文豪。多少後來人都懷着同樣的夢？如波蘭斯基導演的《苦月亮》（*Bitter Moon*, 1992），一開首主角獲得遺產，便模仿海明威搬到了巴黎，在房間貼滿大作家的相片，下定決心想要成為其中一員。寫作本身在海明威的書寫下顯得浪漫且生氣盎然，每天到咖啡館寫作，奮筆疾書，筆下人物如有意志地說話，寫完後肚腹飢餓，身體如做愛後般虛脱。他叫來一盤牡蠣，配葡萄酒，大口大口地吃起來——讓人讀來頓覺嘴饞垂涎。有時會遇到來咖啡館約會的美女，一心便要把她寫進小説去，到寫得忘形時，回過神來，美女已經不見了踪影，只得心念道「願她跟了一個好男人」。為了能幸運地寫出好作品，他隨身攜帶代表幸運的兔腿骨和堅果，不時掏出來充滿童趣地摸一摸。寫多了要削削鉛筆，從印象派畫家塞尚的作品尋找靈感，遇到打擾他寫作的人便毫不留情地斥罵。人於寫作時如同靜止，外人看來會覺得枯燥乏味，然而讀海明威筆下的寫作，卻有滿書頁的樂趣，不時還給逗得大笑。

生活質感

對現今閱讀華文的讀者來說，巴黎予人的印象是個浪漫都市，世界時裝和藝術的中心，一個吸引我們前往旅遊的勝地。巴黎在我們的腦海裏永遠是個空閒時前往流連數天的好地方，卻從未有在該地生活的想像，我們與巴黎如同偶遇的過客，缺乏真實的內在關連。閱讀海明威此書，卻能從他的筆下感受到生活於巴黎的真實感，寒冷的冬天得買細枝條短松，拿刀劈柴，放進火爐燒火取暖；寫作到飢餓時，剝橘子和燒栗子，將皮扔進火爐裏；吃飯時喝紫李、黃李或野覆盆子蒸餾的甜酒；經常到塞納河散步，觀看釣魚居，買河邊擺攤的舊書；季節於巴黎更迭，雨水淋濕鵝卵路，牧人趕着羊群經過……一切充滿生活細節的描寫，讓你陷進活於巴黎的日常裏，充份展現了海明威熱愛和擁抱生活的人生態度。在那沒有手機，娛樂未如現今靡爛的時代，透過海明威的文字，你能感受於巴黎生活的質感。散文家多數美化生活，描寫時多超脱於生活的物質，然而海明威以其客觀的文字描寫生活的一切細節，又帶來別樣美妙的神秘感。他筆下重複出現的丁香園咖啡館、聖米歇爾廣場、盧森堡公園和博物館，竟亦因而被文字賦予了特殊的魅力，彷彿仍留有海明威走過的腳印，令書迷對之多了一份嚮往和迷戀之情。

朋友與情人

海明威英雄的一生少不了朋友，年輕時以晚輩寫作者的身份前往巴黎，亦須結交一眾作家朋友。作為小説家，書寫與他們交往的經歷，難免有戲劇化的處理，描寫福特一篇更是有杜撰喜劇的成份。總括海明威描寫朋友的文字，不難看出他保持一貫的書寫風格。旅居巴黎時海明威只有二十出頭，有着年輕人愛恨分明的性格，對看不慣的人冷嘲熱諷，發表簡單和片面的評價，不會深入其內心世界，也從不牽涉到朋友的社會和政治背景；運用的依然是他小説的簡練文風，可少了故事的鋪墊和隱藏於海面底下的龐大冰山，人物形象難免顯得單薄，可信性較低，唯獨嘲諷書評家和蹩腳作家時能博得讀者莞爾一笑。

當中兩個描寫得最豐富精彩的要數斯泰因和菲茨杰拉德，兩個人都是海明威在巴黎時的導師，亦曾協助其寫作和出版，可大抵因海明威成為大作家並以獨創文風改變世界文學面貌，想要展示自身的天賦和創造性，故將兩人都刻意貶低，試圖向讀者抹去他們對自己的影響。在他的筆下，斯泰因極其固執和自大，他人必須讚許她，否則會發怒，同時胡亂貶抑她不喜歡的作家，又批評不了解的士兵，更賦予了海明威世代的年輕人「迷惘的一代」的稱號。海明威對此只是抱着妻子，說「不信仰任何沒經歷戰爭的人」。菲茨杰拉德在他筆下更有鼠輩之感，膽小怕死，約會無理遲到，酒品奇差，經常昏迷失憶，更因妻子批評而擔心自己「尺寸」的問題，唯一得到的讚美竟就是「外表俊美」而已。到最後閱讀過菲氏名作《了不起的蓋茨比》（*The Great Gatsby*, 1925）後，竟說要盡力幫他回到寫作的高峰，彷彿於巴黎的歲月裏，海明威才是成名作家，去幫助身邊艱難寫作的一眾晚輩。

整部書中唯一受海明威由衷讚美的只有龐德和妻子哈德莉，不論在外邊遭遇甚麼壞人壞事，回到家的海明威總與妻子有親密和互信的對話，彷彿感情牢固得能對抗全世界。然而本書卻是以他戀上第三者，並與妻子分手作結，文中隱晦地批評自己的出軌，卻更多將罪疚歸咎於有錢人的第三者破壞了兩人的關係。即使是懺悔也是海明威式的，陳述式的，沒有深入到內心，冰山似的片面。

此書所載不可盡信，海明威亦在書前説明可將其當作小説看待，加上修改書稿之時他已寫出《老人與海》（*The Old Man and the Sea*, 1952），更獲得諾貝爾文學獎，成為世界文壇的大師，對那些曾經於巴黎遇上的一眾作家的態度經已變改，絕不會再是年輕寂寂無名時充滿崇敬和受教的狀態。故而於書中讀者可發現不少矛盾之處，年輕的海明威飢餓和謙虛地努力寫作，卻瞧不起遇到的諸多大作家。因此閱讀此書，不必抱着過於嚴肅的批判態度，反而該懷着年輕人的朝氣和對夢想的渴求，遠看海明威如何由無名晚輩，堅持不懈地寫作最終成為大文豪；再以他在巴黎的經歷來勉勵自身。即使你並不想成為作家，也應懷有自己的夢想，用海明威般堅毅和勇往直前的精神去追求，終會獲得如他一般的成就！

巴黎如夢想的盛宴，永遠伴隨着你的生命而流動。

袁子桓

袁子桓，香港浸會大學中文文學士，火苗文學工作室成員，現職教師。熱愛文學，創作小說，曾獲文學獎，文章刊於各文學雜誌。

序

出於一些作者認為充份的理由，本書中略去了許多地點、人物、觀感以及印象。其中有些是秘密，有些則是盡人皆知，誰都已經寫過的，而且無疑還會繼續寫到。

這裏沒有提到阿納斯塔西體育場，有些拳擊手在那兒當招待，侍候擺在樹蔭下的餐桌，而拳擊場就設在那邊的花園裏。也沒有提到跟拉里·蓋恩斯一起練拳，以及冬季馬戲場那場打了二十個回合的了不起的拳賽。也沒有提到像查利·斯威尼、比爾·伯德和邁克·斯特拉特這些好朋友，也沒有提到安德烈·馬松和米羅。[1]這裏沒有提到我們去黑森林的那幾次旅行，以及前往我們喜愛的巴黎近郊那些森林的當日返回的旅行。如果所有這些都寫進本書那敢情好，可是眼下我們只得付之闕如了。

如果讀者喜歡的話，本書也可以看作是一部虛構小說。但是這樣一本虛構作品總還是會有可能多少闡明一點其中寫到的那些事實的。

歐內斯特·海明威

古巴，聖弗朗西斯科·德·保拉

註釋：

[1] 安德烈．馬松（Andrē Masson, 1896-1987），法國畫家、雕刻家，超現實主義的先驅和大師之一。胡安．米羅（Juan Miro, 1893-1984），與畢加索、達里並稱為當代西班牙三位偉大的現代派畫家，鮮艷奪目的色彩，形象化的隱喻，奇特的想像等，構成了米羅的完整的風格。

說明

歐內斯特於一九五七年秋在古巴開始撰寫本書，一九五八至一九五九年間的冬天在愛達荷州的凱徹姆繼續寫作，一九五九年四月我們去西班牙，他把稿子隨身帶去，後來隨身帶回古巴，然後在那年深秋又帶到凱徹姆。他曾半途擱下本書去寫另一本關於安東尼奧·奧多涅斯和劉易斯·米蓋爾·多明吉一九五九年在西班牙鬥牛場上激烈競爭的書《危險的夏天》，於一九六零年春才在古巴完成本書。一九六零年秋他在凱徹姆對本書作了一些修改。此書涉及一九二一至一九二六年在巴黎的歲月。

瑪　海[1]

註釋：

[1] 即瑪麗·韋爾什·海明威（Mary Welsh Hemingway, 1908-1986），作者的第四任妻子。

假如你有幸年輕時在巴黎生活過，那麼你此後一生中不論去到哪裏她都與你同在，因為巴黎是一席流動的盛宴。

歐內斯特・海明威

「你就是這樣的人。你們都是這樣的人。」斯泰因小姐說。「你們這些在大戰中服過役的年輕人都是。你們是迷惘的一代。」

「真的嗎？」我說。

「你們就是，」她堅持說。「你們對甚麼都不尊重。你們總是喝得酩酊大醉……」

……

我記得他們怎樣裝了一車傷員從山路下來狠狠踩住刹車，最後用了倒車排擋，常常把刹車都磨損，還記得那最後幾輛車子怎樣空車駛過山腰。我想到斯泰因小姐和舍伍德·安德森以及與自我中心和思想上的懶散相對的自我約束，我想到是誰在説誰是迷惘的一代呢？接着當我走近丁香園咖啡館時，燈光正照在我的老朋友內伊元帥的雕像上，他拔出了指揮刀，樹木的陰影灑落在這青銅雕像上，他孤零零地站在那兒，背後沒有一個人，而滑鐵盧一役他打得一敗塗地。我想起所有的一代代人都讓一些事情給搞得迷惘了，歷來如此，今後也將永遠如此……

——〈迷惘的一代〉

聖米歇爾廣場的一家好咖啡館

當時有的是壞天氣。秋天一過，這種天氣總有一天會來臨。夜間，我們[1]只得把窗子都關上，免得雨颳進來，而冷風會把壕溝外護牆廣場上的樹木的枯葉捲走。枯葉浸泡在雨水裏，風驅趕着雨撲向停泊在終點站的巨大的綠色公共汽車，業餘愛好者咖啡館裏人群擁擠，裏面的熱氣和煙霧把窗子都弄得模糊不清。那是家可悲的經營得很差勁的咖啡館，那個地區的酒鬼全都擁擠在裏面，我是絕足不去的，因為那些人身上髒得要命，臭氣難聞，酒醉後發出一股酸臭味兒。常去業餘愛好者咖啡館的男男女女始終是醉醺醺的，或者只要他們能有錢買醉，就是這樣，大多喝他們半升或一升地買來的葡萄酒。有許多名字古怪的開胃酒在做着廣告，但是喝得起的人不多，除非喝一點作為墊底，然後把葡萄酒喝個醉。人們管那些女酒客叫做 Poivrottes，那就是女酒鬼的意思。

業餘愛好者咖啡館是穆費塔路上的藏垢納污之所，這條出奇地狹窄而擁擠的市場街通向壕溝外護牆廣場。那些老公寓房子都裝着下蹲式廁所，每層樓的樓梯旁都有一間，在蹲坑兩邊各有一個刻有防滑條的水泥澆成的凸起的鞋形踏腳，以防房客如廁時滑倒，這些下蹲式廁所把糞便排放入污水池，而那些污水池在夜間由唧筒抽到馬拉的運糞車裏。每逢夏天，窗戶都開着，我們會聽到唧筒抽糞的聲音，那股臭氣真教人受不了。運糞車漆成棕色和橘黃色，當這些運糞車在勒穆瓦納紅衣主教路緩緩前進時，那些裝在輪子上由馬拉着的圓筒車身，在月光下看去好像布拉克[2]的油畫。可是沒有人給業餘愛好者咖啡館排除污穢，它張貼的禁止公眾酗酒的條款和懲罰的法令已經發黃，沾滿蠅屎，沒人理睬，就像它的那些顧客一樣，始終一成不變，身上氣味難聞。

隨着最初幾場寒冷的冬雨，這座城市的一切令人沮喪的現象都突然出現了，高大的白色房子再也看不見頂端，你在街上走，看到的只是發黑的潮濕的路面，關了門的小店舖，賣草藥的小販，文具店和報亭，那個助產士——二流的——以及詩人魏爾倫[3]在那裏去世的旅館，旅館的頂層有一間我工作的房間。

上頂層去大約要走六段或八段樓梯，屋裏很冷，我知道我得去買一捆細枝條，三捆鉛絲紮好的半支鉛筆那麼長的短松木劈柴，用來從細枝條上引火，加上一捆半乾半濕的硬木爿才能生起火來，讓房間暖和，這些要花我多少錢啊。所以我走到街對面，抬頭看雨中的屋頂，看看是否有煙囪在冒煙，煙是怎樣冒的。一點沒有煙，我想起也許煙囱是冷的，不通風，還想起室內可能已煙霧瀰漫，燃料白白浪費，錢隨之付諸東流了，就冒雨繼續前行。我一直走過亨利四世公立中學、那古老的聖艾蒂安山教堂、颳着大風的先賢祠廣場，然後向右拐去躲避風雨，最後來到聖米歇爾林蔭大道背風的一邊，沿着大道繼續向前經過克呂尼老教堂和聖日耳曼林蔭大道，直走到聖米歇爾廣場上一家我熟悉的好咖啡館。

這是家令人愜意的咖啡館，溫暖、潔淨而且友好，我把我的舊雨衣掛在衣架上晾乾，並把我那頂飽受風吹雨打的舊氈帽放在長椅上方的架子上，叫了一杯牛奶咖啡。侍者端來了咖啡，我從上衣口袋裏取出一本筆記簿和一支鉛筆，便開始寫作。我寫的是密歇根州北部的故事，而那天風雨交加，天氣很冷，正巧是故事裏的那種日子。我歷經少年、青年和剛成年的時期，早已見過這種秋天將盡的景象，而你在一個地方寫這種景象能比在另一個地方寫得好。那就是所謂把你自己移植到一個地方去，我想，這可能對人跟對別的不斷生長的事物一樣是必要的。可是在我寫的小說裏，那些小夥子正在喝酒，這使我感到口渴起來，就叫了一杯聖詹姆斯朗姆酒。這酒在這冷天上口真美極了，我就繼續寫下去，感到非常愜意，感到這上好的馬提尼克[4]朗姆酒使我的身心都暖和起來。

一個姑娘走進咖啡館，獨自在一張靠窗的桌子邊坐下。她非常俊俏，臉色清新，像一枚剛剛鑄就的硬幣，如果人們用柔滑的皮肉和被雨水滋潤而顯得鮮艷的肌膚來鑄造硬幣的話。她頭髮像烏鴉的翅膀那麼黑，修剪得線條分明，斜斜地掠過她的面頰。

我注視着她，她擾亂了我的心神，使我非常激動。我但願能把她寫進那個短篇裏去，或者別的甚麼作品中，可是她已經把自己安置好了，這樣她就能注意到街上又注意到門口，我看出她原來是在等人。於是我繼續寫作。

這短篇在自動發展，要趕上它的步伐，有一段時間我寫得很艱苦。我又叫了一杯聖詹姆斯朗姆酒，每當我抬頭觀看，或者用捲筆刀削鉛筆，讓刨下的螺旋形碎片掉進我酒杯下的小碟子中時，我總要注意看那位姑娘。

我見到了你，美人兒，不管你是在等誰，也不管我今後再不會見到你，你現在是屬於我的，我想。你是屬於我的，整個巴黎也是屬於我的，而我屬於這本筆記簿和這支鉛筆。

接着我又寫起來，我深深地進入了這個短篇，迷失在其中了。現在是我在寫而不是它在自動發展了，而且我不再抬頭觀看，一點不知道是甚麼時間，不去想我此時身在何處，也不再叫一杯聖詹姆斯朗姆酒了。我喝膩了聖詹姆斯朗姆酒，不再想到它了。接着這短篇完成了，我感到很累。我讀了最後一段，接着抬起頭來看那姑娘，可她已經走了。我希望她是跟一個好男人一起走的，我這樣想。但是我感到悲傷。

我把這短篇合起在筆記簿裏，把筆記簿放進上衣的暗袋，向侍者要了一打他們那兒有供應的葡萄牙牡蠣和半瓶乾白葡萄酒。我每寫好一篇小說，總感到空落落的，既悲傷又快活，彷彿做了一次愛似的，而我肯定這次準是一篇很好的小說，儘管還不能確切知道好到甚麼程度，那要到第二天我通讀一遍之後才知道。[5]

我吃着那帶有強烈海腥味和淡淡的金屬味的牡蠣，一邊呷着冰鎮白葡萄酒，嘴裏只留下那海腥味和多汁的蠣肉，等我從每個貝殼中吸下那冰涼的汁液，並用味道清新的葡萄酒把它灌下肚去，我不再有那種空落落的感覺，開始感到快活並着手制訂計劃了。

既然壞天氣已經來臨，我們大可以離開巴黎一段時間，去到一個不下這種雨而會下雪的地方，那兒雪穿過松林飄落下來，把大路和高高的山坡覆蓋起來，在那個高處，我們夜間走回家去的時候，會聽到腳下的雪吱嘎吱嘎地響。在前鋒山[6]南有一所木製農舍式的別墅，那裏的膳宿條件特佳，我們可以一起住在那裏，看我們的書，到夜晚暖和地一起睡在床上，敞開着窗子，只見星光燦爛。那是我們可以去的地方。乘三等車價錢並不貴。那兒的膳宿費比我們在巴黎花費的並不多多少。

我要把旅館裏那間我寫作的房間退掉，這樣就只需付勒穆瓦納紅衣主教大街七十四號的房租了，那是微不足道的。我給多倫多[7]寫過一些新聞報道，它們的稿費的支票該到了。在任何地方任何情況下我都能寫這種報道，因此我們有錢作這次旅行。

也許離開了巴黎我就能寫巴黎，正如在巴黎我能寫密歇根一樣。我不知道要這樣做為時尚早，因為我對巴黎了解得還不夠。但是最後巴黎卻還就是這樣寫出來的。不管怎麼說，只要我妻子想去，我們就去，於是我吃完牡蠣，喝乾了葡萄酒，付了我在這咖啡館裏掛的賬，便抄最近的路冒着雨——如今這只不過是當地的壞天氣而已，而不是改變你的生活的甚麼東西了——趕回聖熱內維埃弗山，回到山頂上的那套房間。

「我想這該是絕妙的，塔迪[8]，」我妻子說。她長着一張線條優雅的臉，每次作出決定時，她的眼睛和她的笑容都會發亮，彷彿這些決定是珍貴的禮物似的。「我們該甚麼時候動身？」

「隨你想甚麼時候走都行。」

好。」

「啊，我想馬上就走。難道你不早就知道嗎？」

「也許等我們回來的時候，這兒天氣就晴好了。等天晴了，變冷了，就會非常好。」

「我看天一定會好的，」她說。「你能想到出去旅行，不也是真好嗎。」

註釋：

[1] 指作者和他的第一任妻子哈德莉．理查森（Hadley Richardson, 1891-1979），她比作者大八歲，一九二零年兩人相遇，一九二一年九月與海明威結婚，一九二一年至一九二六年定居巴黎。

[2] 布拉克（Georges Braque, 1882-1963），法國畫家，立體派創始人。

[3] 魏爾倫（Paul Verlaine, 1844-1896），法國抒情詩人，是從浪漫主義詩人過渡到象徵主義的標誌。在他最優秀的作品中明確的涵義和哲理是不存在的；他的第一部詩集《感傷集》（一八六六），在技巧上純熟地模仿象徵派詩人波德萊爾。

[4] 馬提尼克（Martinique）為西印度群島中的一個島嶼，是法國的一個海外行政區，首府為法蘭西堡。

[5] 作者談到這篇小說的創作過程，指的是《在密執安北部》。

[6] 前鋒山為瑞士西南部日內瓦湖東北湖濱的一小城。

[7] 指《多倫多星報》。海明威早年曾任該報駐巴黎記者，後來才辭職當專業作家。

[8] 塔迪（Tatie）是海明威給自己起的綽號。

斯泰因小姐的教誨

等我們回到巴黎，天氣晴朗、凜冽而且美好。城市已經適應了冬季，我們街對面出售柴和煤的地方有好木柴供應，許多好咖啡館外邊生着火盆，這樣你坐在平台上也能取暖。我們自己的公寓暖和而令人愉快。我們燒的是煤球，那是用煤屑壓成的卵形煤團，放在木柴生的火上，而大街上冬天的陽光是美麗的。現在你已習慣於看到光秃秃的樹木襯映着藍天，你迎着清新料峭的風走在穿越盧森堡公園的剛被雨水沖洗過的礫石小徑上。等你看慣了這些沒有樹葉的樹木，它們就顯得像是雕塑，而冬天的風吹過池塘的水面，噴泉在明媚的陽光中噴湧。由於我們在山裏待過，現在所有的遠景，看起來都變得近了。

由於海拔高度的改變，我對那些小山的坡度毫不在意，反而懷着欣快的心情，於是登上旅館頂層我工作的那個房間也變成了一種樂趣，從這房間可以看到這地區高山上的所有屋頂和煙囱。房內的壁爐通風良好，工作時又暖和又愉快。我買了柑橘和烤栗子裝在紙袋裏帶進房間，吃橘子的時候，剝去了皮，吃那像丹吉爾紅橘那樣的小橘子，把橘皮扔在火裏，把核也吐在火裏，等我餓了，就吃烤栗子。多走了路，加上天冷和寫作，總使我感到飢餓。在頂樓房間裏，我藏了一瓶我們從山區帶回來的櫻桃酒，每當快寫成一篇小說或者快結束一天的工作時，我就喝上一杯這櫻桃酒。我一做完這天的工作，就把筆記簿或者稿紙放進桌子的抽屜裏，把吃剩的柑橘放進我的口袋。如果放在房間裏過夜，它們就會凍結。

我知道自己幹得很順利，走下那一段段長長的樓梯時，心裏樂滋滋的。我總要工作到幹出了一點成績方始罷休，我總要知道了下一步行將發生甚麼方始停筆。這樣我才能有把握在第二天繼續寫下去。但有時我開始寫一篇新的小說，卻沒法進行下去，我就會坐在爐火前，把小橘子的皮中的汁水擠在火焰的邊緣，看這一來畢畢剝剝地竄起藍色的火焰。我會站在窗前眺望巴黎千家萬戶的屋頂，一面想，「別着急。你以前一直這樣寫來着，你現在也會寫下去的。你只消寫出一句真實的句子來就行。寫出你心目中最最真實的句子。」這樣，我終於會寫出一句真實的句子，然後就此寫下去。這時就容易了，因為總是有一句我知道的真實的句子，或者曾經看到過或者聽到有人說過。如果我煞費苦心地寫起來，像是有人在介紹或者推薦甚麼東西，我發現就能把那種華而不實的裝飾刪去扔掉，用我已寫下的第一句簡單而真實的陳述句開始。在那間高踞頂層的房間裏我決定要把我知道的每件事都寫成一篇小說。我在寫作時一直想這樣做，這正是良好而嚴格的鍛煉。

也是在那間房間裏，我學會了在我停下筆來到第二天重新開始寫作這段時間裏，不去想任何有關我在寫作的事情。這樣做，我的潛意識就會繼續活動，而在這同時我可以如我希望的那樣聽別人説話，注意每件事情；我可以如我所希望的那樣學習；我可以讀書，免得盡想起我的工作，以致使我沒能力寫下去。當我寫作進展順利，那是除了自我約束以外還得運氣好才行，這時我就走下樓梯，感到妙不可言，自由自在，可以到巴黎的任何地方信步閒遊。

如果在下午我走不同的路線到盧森堡公園去，我可以穿過這座公園，然後到盧森堡博物館去，那裏的許多名畫現在大部份已轉移到盧浮宮和網球場展覽館去了。我幾乎每天都上那裏去看塞尚，去看馬奈和莫奈以及其他印象派大師的畫，他們是我在芝加哥美術學院最初開始熟悉的畫家。我正向塞尚的畫學習一些技巧，這使我明白，寫簡單而真實的句子遠遠不足以使小説具有深度，而我正試圖使我的小説具有深度。我從他那裏學到很多東西，可是我不善於表達，無法向任何人解釋這一點。何況這是個秘密。但如果盧森堡博物館裏燈光熄滅了，我就一直穿過公園去花園路二十七號葛特魯德．斯泰因[1]住的那套帶工作室的公寓。

我的妻子和我曾拜訪過斯泰因小姐，她和跟她住在一起的朋友[2]對我們非常親切友好，我們喜愛那掛着名畫的大工作室。它正像最優良的博物館中的一間最好的展覽室，可就是沒有她們那兒的暖和而舒適的大壁爐，她們招待你吃好東西，喝茶和用紫李、黃李或野覆盆子經過自然蒸餾的甜酒。這些都是氣味芳香而無色的酒，從刻花玻璃瓶倒在小玻璃杯裏待客的，而不論它們是否是 quetsche，mirabelle 或者 framboise[3]，味道都像原來的那種果實，在你的舌頭上變成一團有節制的火，使你感到暖烘烘的，話也多起來了。

斯泰因小姐個頭很大但是身材不高，像農婦般體格魁梧。她有一對美麗的眼睛和一張堅定的德國猶太人的，也可能是弗留利人[4]的臉，而她的衣着、她的表情多變的臉以及她那好看、濃密而富有生氣的移民的頭髮，頭髮的式樣很可能還是大學讀書時的那種，這些都使我想起一個意大利北部的農婦。她不停地講着，起初談的是人和地方。

她的同伴有一副非常悦耳的嗓子，人長得很小，很黑，頭髮修剪得像布泰·德·蒙韋爾插圖中的聖女貞德，而且長着一隻很尖的鷹鈎鼻。我們第一次見到她們時，她正在一塊針繡花邊上繡着，她一面繡着一面照看食物和飲料並且跟我的妻子閒聊。她跟一個人交談，同時聽着兩個人說話，常常會半途打斷那個她沒有在交談的人。後來她向我解釋，她總是跟妻子們交談。她們對那些妻子很寬容，我的妻子和我有這種感覺。但是我們喜歡斯泰因小姐和她的朋友，儘管那個朋友叫人害怕。那些油畫、蛋糕以及白蘭地可真是美妙極了。她們似乎也喜歡我們，待我們就像我們是非常聽話、很有禮貌而且有出息的孩子似的，我還感覺到她們是因為我們相愛着並結了婚而寬恕我們——時間將會決定這一點——所以當我的妻子請她們上我們家去喝茶時，她們接受了。

她們來到我們的套間的時候，似乎更喜歡我們了；但這也許是因為地方太小，我們挨得更近的緣故。斯泰因小姐坐在鋪在地板上的床墊上，提出要看看我寫的短篇小説，她説她喜歡那些短篇，除了一篇叫《在密執安北部》的。

「寫得很好，」她説。「這是一點兒沒問題的。但這篇東西 inaccrochable[5]。那意思是好像一個畫家畫的一幅畫，當他舉行畫展時他沒法把它掛出來，也沒人會買這幅畫，因為他們也沒法把它掛出來。」

「可要是這並不是淫穢的而不過是你試圖使用人們實際上會使用的字眼呢？如果只有這些字眼才能使這篇小説顯得真實，而你又必須使用它們呢？你就只能使用它們啊。」

「你根本沒有聽懂我的意思，」她説。「你決不能寫任何無法印出來的[6]東西。

那是沒有意義的。那樣做是錯誤的，也是愚蠢的。」

她本人想在《大西洋月刊》上發表作品，她告訴我，而她是會發表的。她對我說，我這作家還不夠好，在那家刊物或《星期六晚郵報》上發表不了作品，但是我可能是一個具有自己的風格的新型作家，不過第一件事要記住的是不要去寫那種無法印出來的短篇小說。我沒有在這點上與她爭論，也不想再解釋我想在人物對話上作甚麼嘗試。那是我自己的事，還是聽別人說話更有趣。那天下午她還告訴我們該怎樣買畫。

「你可以要麼買衣服，要麼買畫，」她說。「事情就是這麼簡單。沒有錢，誰也不能做到兩者兼得。不要講究你的衣着，也根本不必去管甚麼時尚，買衣服只求舒適經穿，你就可以把買衣服的錢去買畫了。」

「可是即使我再也不買一件衣服，」我說，「我也不會有足夠的錢去買我想要的畢加索的畫。」

「對。他超出了你的範圍。你得去買你自己的同齡人——你自己那當兵的團體裏的人畫的畫。你會認識他們的。你會在本區[7]這一帶碰到他們的。總是有些優秀的新出現的嚴肅畫家。可買很多衣服的人不是你。總是你太太買嘛。價錢昂貴的正是女人的衣服啊。」

我看見我的妻子盡量不去看斯泰因小姐穿的那身古怪的統艙旅客穿的衣服，她真的做到了。她們離去的時候，我們仍舊受到她們的喜愛，我想，因為她們要我們再次去花園路二十七號作客。

我受到邀請在冬季下午五點鐘以後任何時候都可以去她的工作室，那是後來的事了。我曾在盧森堡公園裏遇見過斯泰因小姐。我記不清她是否在遛狗，也不記得當時她到底有沒有狗。我只記得我是獨自一個人在散步，因為我們那時養不起狗，甚至連一隻貓也養不起，而我知道的僅有的貓是在咖啡館或者小餐館見到的，或者是我讚賞的公寓看門人視窗上的那些大貓。後來我在盧森堡公園常常碰見斯泰因小姐帶着她的狗；但是我認為這一次是在她有狗以前。

可是不管有狗沒有狗，我接受了她的邀請，並且習慣於路過時在工作室逗留，而她總是請我喝自然蒸餾的白蘭地，並且堅持要我喝乾了一杯再斟滿。我就觀賞那些畫，我們交談起來。那些畫都很激動人心，而談話也很愜意。大部份時間是她在講，她告訴我關於現代派繪畫和畫家的情況——主要是把他們當作普通人而不是畫家來談——並且談她自己的作品。她把她寫的好幾卷原稿給我看，那是她的同伴每天用打字機給她打的。每天寫作使她感到快活，但是等我對她了解得更多以後，我發現，對她來說，要使她保持愉快就需要把這批每天穩定生產出來（生產多少則視她的精力大小而異）的作品予以出版，並需要得到讀者的賞識。

這在我最初認識她的時候還沒有成為嚴重的問題，因為她已經發表了三篇人人都能讀懂的小說。其中一篇《梅蘭克莎》寫得非常好，是她的那些實驗性作品的優秀範例，已經以單行本形式[8]出版，而且博得了曾見過她或者熟識她的評論家的讚揚。她性格中具有這樣一種品性：當她想把一個人爭取到她這一邊來，那是誰也抗拒不了的，而那些認識她並看過她的藏畫的評論家，接受她的那些他們看不懂的作品，因為他們是把她作為一個人而喜愛她的，並且對她的判斷力懷有信心。她還發現了關於節奏的許多法則和重複使用同樣的詞彙的好處，這些都是講得通而且有價值的，而她談得頭頭是道。

但是她厭惡單調乏味的修改文字的工作，也不喜歡承擔把自己的作品寫得能讓人家讀懂的責任，儘管她需要出書並得到正式認可，尤其是為她那部長得令人難以置信的題名為《美國人的形成》的書。

這本書開端極為精彩，接着有很長一部份進展甚佳，不斷出現才華橫溢的段落，再往下則是沒完沒了的重複敘述，換了一個比她認真而不像她那麼懶的作家，早就會把這一部份扔進廢紙簍裏去了。我在讓——也許該說是逼——福特・馬多克斯・福特[9]在《大西洋彼岸評論》上連載這部作品時方始深切認識這一點，明白這樣一來恐怕到這份評論刊物停刊也連載不完。因為要在《評論》上發表，我不得不給斯泰因小姐通讀全部校樣，由於這種工作不會給予她任何樂趣。

在這個寒冷的下午，我經過公寓看門人的住房，跨過冷冽的庭院，進入那工作室的溫暖的氛圍，上面說的都還是幾年以後的事。這天下午斯泰因小姐教導我性的知識。那時我們已經互相非常投合了，我也已經明白凡是我不懂得的事情很可能都是同這方面有些關係的。斯泰因小姐認為我在性問題上太無知了，而我必須承認，自從我了解了同性戀的一些較為原始的方面以後，我對同性戀持有一定的偏見。我知道這就是為甚麼當你還是個孩子、色狼這個詞兒還沒有成為用來稱呼那種整天着迷於追逐女人的男人的俗稱時，你得隨身帶一把刀子準備必要時使用，才能跟一群流浪漢在一起廝混。從我在堪薩斯城的那些日子，[10]從那個城市的不同區域、芝加哥以及大湖上的船隻上的習俗，我懂得了許多你無法印出來的詞彙和用語。在追詢之下，我竭力設法告訴斯泰因小姐，當你還是個孩子卻在男人堆裏廝混的時候，你就得做好殺人的準備，要懂得怎樣去幹這事而且要真正懂得為了不致受到騷擾，你是會這樣幹的。這個詞兒是能印出來的。要是你知道你會殺人，別人就會很快感覺到，也就不會來打擾你了；可也有一些境地是你不能讓別人把你逼迫進去或者受騙上當落進去的。如果使用那些色狼在湖船上使用的一句無法印出來的話，「啊，有道縫不賴，可我要個眼」，我就能把我的意思表達得更生動些，但是我跟斯泰因小姐談話時總是很小心，即使在一些原話也許能澄清或者更明確地表達一種成見的時候，我也是小心翼翼。

「是啊，是啊，海明威，」她說。「可你當初是生活在罪犯和性變態者的環境裏的呀。」

對此我不想爭辯，儘管我以為我曾在那樣的一個世界裏生活過，其中有各式各樣的人，我曾竭力去理解他們，儘管他們中間有些人我沒法喜歡，有些人我至今還厭惡。

「可是那位彬彬有禮、名氣很大的老人，他在意大利曾帶了一瓶馬爾薩拉或金巴利酒[11]到醫院裏來看我，行為規規矩矩得不能再好，可後來有一天我不得不吩咐護士再也不要讓那人進房間來了，你說這是怎麼回事？」我問道。

「這種人有病，他們由不得自己，你應該可憐他們。」
「難道我該可憐某某人嗎？」我問道。我當時提了此人的姓名，但他本人通常樂於自報姓名，所以我覺得沒有必要在這裏提他的名字了。
「不。他是邪惡的。他誘人腐化墮落而且確實是邪惡的。」
「可是據說他是個優秀的作家啊。」
「他不是，」她說。「他不過是個愛出風頭的人，他為追求腐化墮落的樂趣而誘人腐化墮落，還引誘人們染上其他惡習。比如說吸毒。」
「那麼我該可憐的那個在米蘭的人不是想誘我墮落嗎？」
「別說傻話啦。他怎麼能指望去誘你墮落呢？你會用一瓶馬爾薩拉酒去腐蝕一個像你那樣喝烈酒的小夥子嗎？不，他是個可憐的老人，管不住自己做的事。他有病，他由不得自己，你應該可憐他。」
「我當時是可憐他的，」我說。「可是我感到失望，因為他是那麼彬彬有禮。」
我又呷了一口白蘭地，心裏可憐那個老人，一面注視着畢加索的那幅裸體姑娘和一籃鮮花的畫。這次談話不是由我開的頭，我覺得再談下去有點危險了。跟斯泰因小姐交談幾乎從來是沒有停頓的，但是我們停下來了，她還有話想對我講，我便斟滿了我的酒杯。

「你實在對這事兒一竅不通，海明威，」她說。「你結識了一些人人皆知的罪犯、病態的人和邪惡的人。主要的問題在男同性戀的行為是醜惡而且使人反感的，事後他們也厭惡自己。他們用喝酒和吸毒來緩解這種心情，可是他們厭惡這種行為，所以他們經常調換搭檔，沒法真正感到快樂。」

「我明白啦。」

「女人的情況就恰恰相反。她們從不做她們感到厭惡的事，從不做使她們反感的事，所以事後她們是快樂的，她們能在一起過快樂的生活。」

「我明白了，」我說。「可是某某人又怎麼樣呢？」

「她是個邪惡的女人，」斯泰因小姐說，「她可真是邪惡的，所以她從沒感到快樂過，除非跟新結識的人。她誘人墮落。」

「我懂了。」

「你肯定懂了嗎？」

那些日子裏要弄懂的東西太多了，所以我們談起別的事情時，我很高興。公園已經關門了，於是我只得沿着公園外邊走到沃日拉爾路，繞過公園的南端。公園關了門並上了鎖，使人感到悲哀，我繞過公園而不是穿過公園匆匆走回到勒穆瓦納紅衣主教路的家裏，心裏也是悲哀的。這一天開始時也多麼明媚啊。明天我就得努力工作了。工作幾乎能治療一切，我那時這樣認為，現在還是這樣認為。我那時必須治癒的毛病，我判定斯泰因小姐已經感覺到，就是青春和我對妻子的愛。等我回到勒穆瓦納紅衣主教路的家中，我一點也不感到悲哀了，就把我剛剛學得的知識講給我的妻子聽。那天晚上，我們對我們自己已經擁有的知識以及我們在山裏新近獲得的知識感到高興。

註釋：

[1] 葛特魯德．斯泰因（Gertrude Stein, 1874-1946），生於美國賓夕法尼亞州，曾就讀於拉德克利夫學院和約翰斯．霍布金斯大學。一九零二年前往歐洲，自一九零三年起直至去世始終蟄居巴黎。她在文學創作上是一個實驗派，寫作強調文字重複，講究集中，其中極致的作品使人難以卒讀。二十年代中，她的工作室成為僑居巴黎的英美作家、藝術家會聚的中心之一。

[2] 指艾麗斯．巴．托克拉斯（Alice B. Toklas, 1877-1967），她的秘書兼女伴。兩人有同性戀關係。斯泰因曾以艾麗斯的口氣寫成《艾麗斯．巴．托克拉斯自傳》一書（一九三三年出版），實為她本人

的自傳。

[3] 即上文所指用紫李、黃李或野覆盆子製成的酒。

[4] 弗留利為今意大利東北部一古地區，歷史上受到諸鄰國入侵，一再易手，於一九一八年回到意大利之手，一九四五年，其東部被劃入南斯拉夫。

[5] 這是一個法語詞，意為「無法掛出來的」。

[6] 原文仍是那個法語詞 inaccrochable（無法掛出來的），這裏引申為「無法印出來的」。

[7] 指塞納河左岸的拉丁區，為文人藝術家聚居之地。

[8] 即《三個女人》，收有《好安娜》、《梅蘭克莎》和《溫柔的莉娜》三個中篇，出版於一九零九年。

[9] 福特．馬多克斯．福特（Ford Madox Ford, 1873-1939），英國小說家、詩人、編輯、評論家。一九二四年在巴黎主編《大西洋彼岸評論》，發表過喬伊斯、海明威的作品，常資助年輕作家。

[10] 海明威一九一七年中學畢業後，曾在《堪薩斯城星報》社任記者，第二年才至意大利任紅十字會駕駛員。

[11] 馬爾薩拉酒指產於意大利西西里島馬爾薩拉港的一種淡而甜的紅葡萄酒。金巴利酒指意大利金巴利公司生產的帶辣椒味的開胃酒。

「迷惘的一代」

為了享受那裏的溫暖，觀賞名畫並與斯泰因小姐交談，很容易養成在傍晚順便去花園路二十七號逗留的習慣。斯泰因小姐通常不邀請人來作客，但她總是非常友好，有很長一段時間顯得很熱情。每當我為那加拿大報社以及我工作的那些通訊社外出報道各種政治性會議或者去近東和德國旅行歸來，她總要我把所有有趣的逸聞講給她聽。總是有一些很有趣的部份，她愛聽這些，也愛聽德國人所謂的「絞刑架上的幽默」[1]的故事。她想知道現今世道中的歡快的部份；絕不是真實的部份，絕不是醜惡的部份。

我那時年少不識愁滋味，而且在最壞的時候總是有些奇怪和滑稽的事情發生，而斯泰因小姐就喜歡聽這些，其他的事情我不講而是由我自個兒寫出來。

當我並不是從外地旅行歸來，而是在工作之餘去花園路盤桓一番的時候，我有時會設法讓斯泰因小姐講關於書籍方面的意見。我在寫作時，總得在停筆後讀一些書。如果你繼續考慮着寫作，你就會失去你在寫的東西的頭緒，第二天就會寫不下去。必須鍛煉鍛煉身體，使身體感到疲勞，如果能跟你所愛的人做愛，那就更好了。那比幹甚麼都強。但是在這以後，當你心裏感到空落落的，就必須讀點書，免得在你能重新工作以前想到寫作或者為寫作而煩惱。我已經學會決不要把我的寫作之井汲空，而總要在井底深處還留下一些水的時候停筆，並讓那給井供水的泉源在夜裏把井重新灌滿。

為了讓我的腦子不再去想寫作，我有時在工作以後會讀一些當時正在寫作的作家的作品，像奧爾德斯・赫胥黎、戴・赫・勞倫斯或者任何哪個已有作品問世的作家，只要我能從西爾維亞・比奇[2]的圖書館或者塞納河畔碼頭書攤上弄得到。

「赫胥黎是個沒生氣的人，」斯泰因小姐說。「你為甚麼要去讀一個沒生氣的人的作品呢？你難道看不出他毫無生氣嗎？」

我那時看不出他是個沒生氣的人，我就說他的書能給我消遣，使我不用思索。

「你應該只讀那些真正好的書或者顯而易見的壞書。」

「整個今年和去年冬天我都在讀真正好的書，而明年冬天我還將讀真正好的書，可我不喜歡那些顯而易見的壞書。」

「你為甚麼要讀這種垃圾？這是華而不實的垃圾，海明威。是一個沒生氣的人寫出來的。」

「我想看看他們在寫些甚麼，」我說。「而且這樣能使我的腦子不想去寫這種東西。」

「你現在還讀誰的作品？」

「戴·赫·勞倫斯，」我說。「他寫了幾篇非常好的短篇小說，有一篇叫做《普魯士軍官》。」

「我試圖讀他的長篇小說。他使人無法忍受。他可悲而又荒謬。他寫得像個有病的人。」

「我喜歡他的《兒子與情人》和《白孔雀》，」我說。「也許後者並不那麼好。我沒法讀《戀愛中的女人》。」

「如果你不想讀壞的書，想讀一點能吸引你的興趣而且自有其奇妙之處的東西，你該讀瑪麗·貝洛克·朗茲[3]。」

我那時還從未聽到過她的名字，於是斯泰因小姐把那本關於「開膛手」傑克的絕妙的小說《房客》和另一本關於發生在巴黎郊外一處只可能是昂吉安溫泉城[4]的謀殺案的作品借給我看。這兩本都是工作之餘的上好讀物，人物可信，情節和恐怖場面絕無虛假之感。它們作為你工作以後的讀物是再好沒有了。於是我讀了所有能弄到的貝洛克·朗茲太太的作品。可是她的作品也不過就是那個樣，沒有一本像前面提到的那兩本那麼好，而在西默農[5]最早一批優秀作品問世前，我從未發現有任何書像她這兩本那樣適宜在白天或夜晚你感到空虛時閱讀的。

我以為斯泰因小姐會喜歡西默農的佳作——我讀的第一本不是《第一號船閘》就是《運河上的房子》——但是我不能肯定，因為我結識斯泰因小姐時，她不愛讀法語作品，雖然她愛説法語。珍妮特·弗朗納[6]給了我這兩本我最初讀的西默農的作品。她愛讀法文書，她早在西默農擔任報道犯罪案件的記者時，就讀他的作品了。

在我們是親密朋友的那三四年裏，我記不起葛特魯德·斯泰因曾對任何沒有撰文稱讚過她的作品或者沒有做過一些促進她的事業的工作的作家説過甚麼好話，只有羅納德·弗班克[7]和後來的斯各特·菲茨傑拉德是例外。我第一次遇見她時，她談起舍伍德·安德森[8]時，不是把他當作一個作家，而是把他作為一個男人，熱情洋溢地談到他那雙美麗溫暖的意大利式的大眼睛和他的和氣和迷人之處。我可不在意他的美麗溫暖的意大利式的大眼睛，我倒是非常喜歡他的一些短篇小説。那些短篇寫得很樸實，有些地方寫得很美，而且他理解他筆下的那些人物，並且深深地關注着他們。斯泰因小姐不想談他的短篇小説，總是談他這個人。

「你覺得他的長篇小説怎麼樣？」我問她。她不想談安德森的作品，正如她不願談喬伊斯的作品一樣。只要你兩次提起喬伊斯，你就不會再受到邀請上她那兒去了。這就像在一位將軍面前稱讚另一位將軍。你第一次犯了這個錯誤，就學會再也不這樣做了。然而，你永遠可以在一位與之交談的將軍面前談起另一位被他擊敗過的將軍。你正與之交談的將軍便會大大稱讚那位被他打敗的將軍，並且愉快地描述他如何把對方打敗的細節。

安德森的短篇小說寫得太好了，沒法拿來當作一個愉快的話題。我正準備跟斯泰因小姐講他的長篇小說寫得多麼出奇地糟，但是這樣也不行，因為這樣無疑就是批評她的最忠誠的支持者之一了。等他最後寫了一部叫做《黑色的笑聲》的長篇小說，寫得實在糟透了，又蠢又做作，我忍不住在一部戲擬之作[9]裏批評了一番，這使斯泰因小姐非常生氣。我攻擊了她圈子裏的一個成員。但是在這以前很長一段時間內，她並沒有生過氣。安德森作為一個作家垮台後，她就自己開始大肆吹捧他了。

她曾生過埃茲拉·龐德的氣，因為他在一張不牢固而且毫無疑問是很不舒服的小椅子上坐下時坐得太快，結果把椅子壓壞了，可能壓得開裂了，而這把椅子很可能是故意給他坐的。沒有考慮到他是個偉大的詩人，是個有禮貌很大方的人，本來是能給自己找一把大小適宜的椅子坐的。她把不喜歡埃茲拉的原因說得那麼巧妙而且惡毒，那是多年以後才編造出來的。

正是在我們從加拿大回來後，住在鄉村聖母院路，我跟斯泰因小姐還是親密朋友的時候，她提出了迷惘的一代[10]這說法。她當時駕駛的那輛老式福特T型汽車的發火裝置出了些毛病，而那個在汽車修理行工作的小夥子在大戰的最後一年曾在部隊裏服過役，在修理斯泰因小姐的福特車時手藝不熟練，或者是沒有打破別的車子先來先修的次序而提前給她修車。不管怎樣，他沒有認真對待，等斯泰因小姐提出了抗議，他被修理行老闆狠狠地訓斥了一頓。老闆對他說，「你們都是迷惘的一代。」

「你就是這樣的人。你們都是這樣的人，」斯泰因小姐說。「你們這些在大戰中服過役的年輕人都是。你們是迷惘的一代。」

「真的嗎？」我說。

「你們就是，」她堅持說。「你們對甚麼都不尊重。你們總是喝得酩酊大醉……」

「那個年輕的技工喝醉了嗎？」我問道。

「當然沒有。」

「你看見我喝醉過沒有？」

「沒有。可你的那些朋友都是醉醺醺的。」

「我喝醉過，」我說。「可是我從沒有醉醺醺地上你這裏來。」

「當然沒有。我沒有這麼說。」

「那小夥子的老闆很可能上午十一點鐘就喝醉了，」我說。「所以他能說出這麼動聽的話來。」

「別跟我爭辯了，海明威，」斯泰因小姐說。「這根本沒有用。你們全是迷惘的一代，正像汽車修理行老闆所說的那樣。」

後來，等我寫第一部長篇小說[11]的時候，我把斯泰因小姐引用汽車修理行老闆的這句話跟《傳道書》中的一段相對照。但是那天夜裏走回家去的途中，我想起那個汽車修理行的小夥子，不知道在那些汽車被改裝成救護車時他有沒有被拉去開車。[12]我記得他們怎樣裝了一車傷員從山路下來狠狠踩住剎車，最後用了倒車排擋，常常把剎車都磨損，還記得那最後幾輛車子怎樣空車駛過山腰，為了讓有優良的H形變速裝置和金屬剎車的大型菲亞特汽車來替代。我想到斯泰因小姐和舍伍德·安德森以及與自我中心和思想上的懶散相對的自我約束，我想到是誰在說誰是迷惘的一代呢？接着當我走近丁香園咖啡館時，燈光正照在我的老朋友內伊元帥[13]

的雕像上，他拔出了指揮刀，樹木的陰影灑落在這青銅雕像上，他孤零零地站在那兒，背後沒有一個人，而滑鐵盧一役他打得一敗塗地。我想起所有的一代代人都讓一些事情給搞得迷惘了，歷來如此，今後也將永遠如此，我便在丁香園坐下跟這雕像做伴，喝了一杯冰啤酒，才走回到我那在鋸木廠上面的套間的家裏。但是坐在那兒喝啤酒的時候，我注視着雕像，想起當年拿破崙帶着科蘭古[14]乘馬車從莫斯科倉皇撤退時，內伊曾率領後衛部隊親身戰鬥過多少日子來着，我想起斯泰因小姐曾是個多麼熱情親切的朋友，她談起阿波里奈爾時談得多麼精彩，談起他在一九一八年停戰的那天去世，當時群眾高喊「打倒紀堯姆」，而阿波里奈爾在神志昏迷之際以為他們在高喊反對他，[15]而且我想我要盡我的力量並且盡可能長久地為她效勞，務必使她所作出的出色的工作得到公正的評價，所以願上帝和邁克．內伊[16]幫助我吧。但是讓她說的甚麼迷惘的一代那一套跟所有那些骯髒的隨便貼上的標籤都見鬼去吧。等我到了家，走進院子上了樓，看見我的妻子和兒子和他的小貓「F貓咪」時，他們都很快活，壁爐裏生着火，我就對妻子說，「你知道，不管怎麼說，葛特魯德是個好人。」

「當然，塔迪。」

「可有時她確實會說一大堆廢話。」

「我可從沒聽她講過，」我的妻子說。「我是做妻子的。跟我說話的是她那個同伴。」

註釋：

[1] 即現在通稱的「黑色幽默」。

[2] 西爾維亞．比奇（Silvia Beach, 1887-1962）生於美國，十四歲隨父來到巴黎，愛上法國和法國文學，一九一九年在巴黎奧德翁路開設書店莎士比亞公司，出售圖書雜誌，並設「出租圖書館」，長期成為法國文藝界人士以及僑居巴黎的英美作家的活動中心。一九二二年二月大力支持喬伊斯在她的圖書公司出版《尤利西斯》。一九四一年喬伊斯病逝於蘇黎世。同年，莎士比亞公司亦被納粹關閉，比奇被拘於集中營達六個月，後從集中營逃出，躲藏在巴黎，直至海明威隨盟軍打回巴黎，幫她清除了在屋頂上打冷槍的德國鬼子。

[3] 瑪麗．貝洛克．朗茲（Marie Belloc Lowndes, 1868-1947），英國小說家，擅寫歷史小說及兇殺疑案故事。《房客》（一九一三）曾被搬上銀幕。

[4] 昂吉安溫泉城位於巴黎北郊，為巴黎人常去的旅遊勝地。

[5] 西默農（George Simenon, 1903-1989），比利時法語多產作家，其著名作品有「梅格萊探案」的系列小說。

[6] 珍妮特·弗朗納（Janet Flanner, 1892-1978）為當時美國《紐約人》週刊駐巴黎的記者。

[7] 羅納德·弗班克（Ronald Firbank, 1886-1926），英國小說家，自小身弱，於劍橋大學肄業兩年後，為恢復健康，到處去旅行，著有浪漫主義小說多種。

[8] 美國作家舍伍德·安德森（Sherwood Anderson, 1876-1941）於一九一九年發表了《小城畸人》而成為紅作家。

[9] 《黑色的笑聲》出版於一九二五年，第二年海明威就發表模仿之作《春潮》，加以諷刺。

[10] 原文為法語，génération perdue，我們一向譯作「迷惘的一代」，但用今天流行的詞彙，該作「失落的一代」。

[11] 指《太陽照常升起》，作者把那句話和《聖經·傳道書》第一章第四到第七節一起放在卷首。

[12] 作者想起自己一九一八年在意大利北部戰線為紅十字會志願開救護車的情景。

[13] 米歇爾·內伊（Michel Ney, 1769-1815）為拿破崙手下最著名的元帥，驍勇善戰的傳奇式英雄，參加拿破崙的歷次戰爭，一八零四年授元帥頭銜，一八一二年拿破崙率軍遠征俄國，內伊被封為莫斯科親王，法軍自莫斯科撤退時任後衛部隊指揮。

[14] 科蘭古侯爵（Armand Caulaincourt, 1773-1827），法國將軍、外交官，拿破崙時期的外交大臣。一八零四年起為拿破崙的御馬總管，歷次大戰中追隨皇帝左右。他的回憶錄是一八一二至一八一四年時期的重要史料。

[15] 法國現代主義詩人阿波里奈爾（Guillaume Apollinaire, 1880-1918）名紀堯姆，但此處群眾要打倒的是德皇威廉二世，因紀堯姆是威廉在法語中的讀音。

[16] 邁克為內伊的名字米歇爾在英語中的愛稱。

莎士比亞圖書公司

在那些日子裏，我沒有錢買書。我從莎士比亞圖書公司出借書籍的圖書館借書看。莎士比亞圖書公司是西爾維亞・比奇開設在奧德翁劇院路十二號的一家圖書館和書店。在一條颳着寒風的街上，這是個溫暖而愜意的去處，冬天生着一隻大火爐，桌子上和書架上都擺滿了書，櫥窗裏擺的是新書，牆上掛的是已經去世的和當今健在的著名作家的照片。那些照片看起來全像是快照，連那些故世的作家看上去也像還活着似的。西爾維亞有一張充滿生氣、輪廓分明的臉，褐色的眼睛像小動物的那樣靈活，像年輕姑娘的那樣歡快，波浪式的褐色頭髮從她漂亮的額角往後梳，很濃密，一直修剪到她耳朵下面和她穿的褐色天鵝絨外套的領子相齊。她的腿很美，她和氣、愉快、關心人，喜歡說笑話，也愛閒聊。我認識的人中間沒有一個比她待我更好。

我第一次走進這家書店的時候心裏很膽怯，因為身上沒有足夠的錢參加那出借圖書館。她告訴我可以等我有了錢再付押金，就讓我填了一張卡，說我可以想借多少本書就借多少。

她沒有理由信任我。她並不認識我，而我給她的地址，勒穆瓦納紅衣主教路七十四號，又是在一個不能再窮的地區。但她是那麼高興，那麼動人，並且表示歡迎，她身後是一個個擺滿着圖書也就是這家圖書館的財富的書架，像牆壁一般高，一直伸展到通向大樓內院的那間裏屋。

我從屠格涅夫開始，借了兩卷本的《獵人筆記》和戴．赫．勞倫斯的一部早期作品，我想是《兒子與情人》吧，可西爾維亞對我説想多借一些也行。我便選了康斯坦斯．迦納譯的《戰爭與和平》和陀思妥耶夫斯基的《賭徒及其他》。

「如果你要把這些都讀完，就不會很快回到這兒來，」西爾維亞説。

「我會回來付押金的，」我説。「我在我的住處有錢。」

「我不是這個意思，」她説。「你可以在任何方便的時候付。」

「喬伊斯一般甚麼時候上這兒來？」我問道。

「要是他來，平常總要在下午很晚的時候，」她説。「你見過他嗎？」

「我們在米肖餐館見到過他跟家人在一起吃飯，」我説。「可是在人家吃飯的時候盯着人家看是不禮貌的，而米肖餐館的價格又很貴。」

「你常在家吃飯嗎？」

「現在大都這樣，」我説。「我們有個好廚師。」

「在你那地區附近沒有甚麼餐館，是嗎？」

「沒有。你怎麼知道的？」

「拉爾博[1]在那兒住過，」她說。「他非常喜歡那地段，可惜就是沒有餐館。」

「最近的一家價廉物美的飯店要跑到先賢祠那一帶。」

「那一帶我不熟悉。我們都在家就餐。你跟你的妻子哪天務必上我家來玩。」

「等我來給你付押金的時候吧，」我說。「但是非常感謝你。」

「書別看得太快啦，」她說。

在勒穆瓦納紅衣主教路的家是一個有兩居室的套間，沒有熱水也沒有室內盥洗設施，只有一隻消毒的便桶，用慣了密歇根州那種戶外廁所間的人是並不覺得不舒適的。但是可以眺望到美麗的景色，地板上鋪一塊上好的彈簧褥墊做一張舒適的床，牆上掛着我們喜愛的畫，這仍不失為一個使人感到歡樂愉快的套間。我拿了這些書回到家裏，把我新發現的好地方告訴我的妻子。

「可是，塔迪，你一定要今天下午就去把押金付了，」她說。

「我當然會這樣做的，」我說。「我們倆都去。然後沿着塞納河和碼頭去散步。」

「我們可以沿塞納河路散步，去看所有的畫廊和商店的櫥窗。」

「對。我們可以上任何地方去散步，我們可以上一家新開的咖啡館去待會兒，那兒我們誰也不認識，也沒人認識我們，我們可以喝一杯。」
「我們可以喝上兩杯。」
「然後可以找個地方吃飯。」
「不，別忘了我們還得付圖書館押金呢。」
「我們要回家來，在家裏吃，我們要吃一頓很好的晚餐，喝合作社買來的博訥酒[2]，你從那視窗就能看到櫥窗上寫着的博訥酒的價錢。隨後我們讀讀書，然後上床做愛。」
「而且我們決不會愛任何其他人，只是彼此相愛。」
「對，決不。」
「多麼好的一個下午和傍晚啊。現在我們還是吃中飯吧。」
「我餓極啦，」我說。「我在咖啡館寫作只喝了一杯奶咖。」
「寫得怎麼樣，塔迪？」
「我認為不錯。我希望這樣。我們午餐吃甚麼？」
「小紅蘿蔔，還有出色的小牛肝加土豆泥，加上一客苦苣色拉。還有蘋果撻。」
「那麼我們就可以有世界上所有的書籍閱讀了，等我們出門旅行的時候就能帶這些書去了。」

「這樣做對得起人嗎？」

「沒問題。」

「她那兒也有亨利．詹姆斯的書嗎？」

「當然。」

「哎呀，」她說。「我們運氣真好，你發現了那個地方。」

「我們一向是運氣好的，」我說，像個傻瓜，我沒有用手去敲敲木頭[3]。公寓裏也到處有的是木頭可以讓人去敲啊。

註釋：

[1] 瓦萊里．拉爾博（Valery Larbaud, 1881-1957）為法國小說家、詩人、評論家，曾把柯勒律治及喬伊斯等歐洲作家的作品譯成法語出版。

[2] 產於法國中東部的博訥城的一種普通乾紅葡萄酒。

[3] 西方迷信，人們認為在誇自己有好運氣以後要用手敲敲木頭，以免好運氣跑掉。

等我們走進了房間，上了床在黑暗中做了愛，我還是感到飢餓。半夜醒來發現窗子都開着，月光照在高聳的建築的屋頂上，這飢餓的感覺還在。我把臉從月光下轉向暗處，可是睡不着，就躺着想這到底是怎麼回事。我們倆在夜裏醒了兩次，現在月光照在她的臉上，她睡得正香。

我非得把這一點想出個究竟來，可是我太笨了。那天早晨我醒來發現是個虛假的春天，聽到那趕山羊群的人吹起的笛聲，跑出樓去買賽馬報，生活似乎顯得就是那麼簡單。

但是巴黎是一座非常古老的城市，而我們卻很年輕，這裏甚麼都不簡單，甚至貧窮、意外所得的錢財、月光、是與非以及那在月光下睡在你身邊的人的呼吸，都不簡單。

——〈一個虛假的春季〉

塞納河畔的人們

從勒穆瓦納紅衣主教路的盡頭走到塞納河有很多條路。最短的一條是沿着這條路徑直往前，但是路很陡，等你走上平坦的路段，穿過聖日耳曼林蔭大道街口繁忙的交通車輛以後，來到一個沒生氣的地方，那裏伸展着一條荒涼向風的河岸，右邊就是那葡萄酒市場。它和巴黎其他任何市場都不同，只是一種扣存葡萄酒以待完稅的倉庫，從外面看去陰沉沉的像個兵站，或者俘虜營。

跨過塞納河的支流就是聖路易島，上面有狹窄的街道和又老又高的美麗的房子，你可以渡河上那兒去，或者向左拐，沿着同聖路易島一樣長的碼頭走，再向前走，便到了聖母院和城中島[1]的對面。

在沿碼頭的書攤上，你有時能發現有剛出版的美國書出售，價錢很便宜。銀塔飯店樓上有幾間房間，在那些日子裏他們把房間出租，給住在那兒的人在餐廳用餐享受折扣優待，如果房客們離去時留下甚麼書籍，旅館中的茶房就把那些書賣給沿碼頭不遠處的一家書攤，你就可以從女攤主手裏花很少幾個法郎買下。她對用英語寫的書缺乏信心，買下這些書她幾乎沒有付甚麼錢，因此只要能得到一點薄利就馬上脫手。

「這些書有甚麼值得一讀的嗎？」我們成了朋友後，她問我。

「有時候有本書值得一讀。」

「教人怎樣辨別呢？」

「等我把它們讀了就能辨別啦。」

「可這仍舊多少是一種碰運氣的行為。再說有多少人能讀英文書？」

「把它們給我留着，讓我瀏覽一遍。」

「不行。我不能把它們留着等你來。你並不經常經過這裏。你總要隔好長一段時間才來一次。我可得盡快把它們賣掉。沒有人能辨別它們是否有甚麼價值。要是它們原本是毫無價值的，我就永遠別想把它們賣出去了。」

「那你怎樣辨別一本有價值的法文書呢？」

「首先要有插圖。其次是插圖的品質問題。再次是看裝訂。如果是一本好書，書的主人就會把它像樣地重新裝訂起來。英文書籍全都是裝訂好的，但是裝訂得很差。[2]沒有辦法從這一點來判別它們是好是壞。」

過了銀塔飯店附近這家書攤，到奧古斯丁大碼頭以前，就沒有別的書攤賣美國和英國書的了。從奧古斯丁大碼頭往前到伏爾泰碼頭再過去的地方有幾個書攤出售他們從塞納河左岸那些旅館，特別是擁有比大多數旅館都更有錢的顧客的伏爾泰旅館的僱員那裏買來的書籍。一天我問另一個女攤主，她是我的朋友，書籍的主人是否出賣過書籍。

「不，」她說。「這些書全都是他們扔掉的。因此人們就知道這些書沒有甚麼價值。」

「是朋友們把這些書送給他們，讓他們在船上閱讀的。」

「沒錯兒，」她說。「他們準是把很多書都扔在船上了。」

「他們就這樣把書撂下了，」我說。「航運公司保存了這些書並且重新裝訂好，它們就成了船上的藏書。」

「這倒是一種聰明的做法，」她說。「至少這樣書就裝訂得像個樣子了。像這樣的一本書也就有價值了。」

在我寫作餘暇或者思考甚麼問題時，我就會沿着塞納河邊的碼頭漫步。如果我散着步，有些事幹或者看別人在幹着一些他們熟悉的事，我思考起來就比較容易。在城中島的西端，新橋南面，在亨利四世雕像的所在地，島最終變得像一個尖尖的船頭，那兒臨水有個小公園，長着一片優美的栗樹，樹幹高大而枝葉紛披。在塞納河中形成的急流和回水流經之處有不少適宜垂釣的好地方。你走下一段台階到那小公園，就能看見捕魚的人們在那兒和在大橋下釣魚。垂釣的好地點隨着河水漲落而變化，捕魚人用長長的連接起來的釣竿，但是用很細的接鈎線和輕巧的魚具和羽毛管浮子釣魚，老練地在他們垂釣的那片水域裏誘魚上鈎。他們總能釣到一些魚，他們經常成績可觀，能釣到很多像鰷魚那樣的魚，他們稱之為鮈魚。這種魚整條放在油裏煎了吃味道很鮮美，我能吃下一大盤。這種魚長得很肥壯，肉質鮮美，味道甚至超過新鮮的沙丁魚，而且一點也不油膩，我們吃的時候連骨頭一起吃下去。

吃鮈魚的一個最佳去處是在下默東的一家建築在河上的露天餐廳，在我們有錢離開我們的拉丁區出遊時就上那兒去。那餐廳叫「神奇漁場」，賣得有一種極好的白葡萄酒，那是麝香葡萄酒[3]的一種。這是莫泊桑的一個短篇小說中出現過的地方，西斯萊[4]曾畫過那俯視河上的景色。你不用跑那麼遠去吃鮈魚。你在聖路易島上就能吃到一份很好的油炸鮈魚。

我認得幾個在聖路易島和綠林好漢廣場[5]之間的塞納河多魚的水域釣魚的人，有時候天氣晴朗，我會買上一升葡萄酒、一隻麵包和一些香腸，坐在陽光下閱讀一本我買來的書，觀看他們釣魚。

有些遊記作家寫到在塞納河上垂釣的人們，把他們寫得似乎是瘋子，從未釣到過一尾魚；但那是認真的饒有捕獲的垂釣。那些捕魚人大都是靠很少的養老金過活的人，那時他們還不知道一旦通貨膨脹，那一點兒養老金就會變得微不足道，還有一些是釣魚迷，他們逢到有一天半天的休假就去釣魚。更適宜垂釣的地方是在夏朗通，馬恩河在那兒匯入塞納河，而巴黎的東西兩邊都適合垂釣，但是在巴黎本身也有非常好的釣魚場所。我沒有去釣魚，因為我沒有魚具，而且我寧願省下錢來到西班牙去釣魚。再說，那時我也根本不知道甚麼時候我的寫作能告一段落，也不知道甚麼時候我不得不出門，我可不想迷戀於此道而不能自拔，而釣魚這活動是有它的旺季和淡季的。但是我密切關注它，學會一點有關知識很有意思，感覺良好，知道就在本城有人在釣魚，有着健康的認真的垂釣活動，還把一些供油炸的魚帶回家去給他們的家人，總是讓我很快活。有了那些捕魚人和塞納河上的生活動態，還有在船上自有其自己的生活的漂亮駁船，那些煙囱可向後摺疊以便從橋下通過的拖輪，拖曳着一長列駁船，還有河邊石堤上高大的榆樹、梧桐樹，有些地方則是白楊，我沿河散步時就從不感到孤獨。城裏有那麼多樹木，你每天都能看到春天在來臨，直到一夜暖風突然在一個早晨把它帶來了。有時一陣陣寒冷的大雨又會把它打回去，這樣一來似乎它再不會來了，而你的生活中將失去一個季節。在巴黎這是唯一真正叫人悲哀的時刻，因為這是違反自然的。在秋天感到悲哀是你意料之中的。每年葉子從樹上掉落，光禿的樹枝迎着寒風和凜冽的冬天的陽光，這時你身子的一部份就死去了。但是你知道春天總會來到，正如你知道河水冰結了又會流淌一樣。當冷雨不停地下，扼殺了春天的時候，這就彷彿一個年輕人毫無道理地夭折了。

然而，在那些日子裏，春天最後總是來臨，但是使人心驚的是它差一點來不了。

註釋：

[1] 城中島即巴黎舊城，在塞納河中，聖路易島的西面，巴黎聖母院即位於該島的西部。

[2] 法國書一般為普通的紙面本，讓人用皮革重新裝訂，比英美的硬面本高檔。

[3] 麝香葡萄酒產於法國西部盧瓦爾河下游的南特一帶，由那裏特產的麝香葡萄釀成。

[4] 阿爾弗雷德．西斯萊（Alfred Sisley, 1839-1899），法國畫家，擅作風景畫，其作品色彩十分柔美和諧，所畫雪景尤有魅力。他的許多最佳作品是一八七二至一八八零年間在巴黎等地與莫奈親密相處的那段時間完成的。

[5] 該廣場位於城中島的西端，即上文提到的像尖尖的船頭的地方。

一個虛假的春季

當春天來臨，即使是虛假的春天，除了尋找甚麼地方能使人過得最快活以外，再沒有別的問題了。唯一能敗壞一天的興致的要算人了，而如果你能做到不跟別人約會，那麼每一天都沒有止境了。對你的愉快心情構成障礙的總是人，除非是極少數像春天那樣美好的人。

每當春天早晨，我很早就起來寫作，而我的妻子猶酣睡未醒。窗子都敞開着，街上夜雨淋濕的鵝卵石路面正在乾燥起來。太陽正在把窗子對面那些房子的潮濕的門面曬乾。店舖還都沒有開門。山羊倌吹着笛子從街上走來，住在我們上面一層樓的一個女人提着一把大壺從屋裏走上人行道。那山羊倌挑了一隻大乳房的黑色奶羊，把奶擠入壺中，這時他的狗則把其餘的羊趕上人行道。羊群四面張望，像觀光客似地轉動着牠們的頭頸。山羊倌收了女人給他的錢，道過謝，便吹着笛子繼續沿街走去，狗領着羊群在前面走，羊角上下擺動着。我繼續寫作，而那女人提着羊奶走上樓來。她穿了做清潔工作的氈底鞋，因此我只能聽到她在我們門外樓梯上停下時喘氣的聲音，接着她關上了她的房門。在我們的大樓裏，她是羊奶的唯一顧客。

我決定下樓去買一份早晨版的賽馬報。沒有一個居民區會窮得連一份賽馬報都沒有，可是在這樣的日子，你得趁早去買。我在壕溝外護牆廣場拐角的笛卡爾路上買到了一份。那些山羊正順着笛卡爾路走去，我吸着清新的空氣，快步走回去，爬上樓梯去完成我的工作。我很想留在外面，跟着山羊一起在清晨的街道上走。但是在我重新開始工作之前，我看了一下報紙。有人要在昂吉安，那個漂亮的、扒手橫行的小型賽馬場舉行賽馬，那裏是圈外人會集之所。

所以，在那天我完成工作後，我們就想去看賽馬。我幹新聞工作的那家多倫多報社給我匯來了一筆錢，如果能發現一匹合適的馬，我們就想在牠身上好好賭一把。我的妻子一度在奧特伊跑馬場賭過一匹名叫金山羊的馬，牠的賠率為一百二十比一，牠領先了二十個馬身，可是在最後一次跳欄時摔倒了，我們也就輸掉了夠我們維持六個月生活的積蓄。我盡量不去想這事。那年直到金山羊摔倒之前，我們一直贏錢。

「我們真的有足夠的錢去下賭注嗎，塔迪？」我的妻子問我。

「沒有。我們只能考慮花我們手頭現有的錢。有甚麼別的東西，你寧願在那上面花錢嗎？」

「哦，」她說。

「我知道。這一陣過得很艱苦，而我在花錢方面總是手面很緊而且吝嗇。」

「不，」她說。「可是——」

我知道我一向是多麼苛刻，而且境況又是多麼糟。一個幹着工作並從工作中得到滿足的人，是不會被貧窮所困擾的。我想到地位比我們低的人擁有澡盆、淋浴設備和抽水馬桶之類的東西，或者你出外旅行時能享用的東西——我們倒是經常旅行的。在塞納河邊那條街的盡頭處始終有一家公共澡堂。我妻子從未為這些事情抱怨過一次，當初金山羊摔倒時也沒多哭過。我記得她是為了這匹馬而不是為了輸錢才哭的。她需要一件灰色羔羊皮短上衣，而我一無所知，可是一旦她買來了，我卻很喜歡。我在別的一些事情上也是顯得很愚鈍的。這一切全是你跟貧窮作鬥爭的內容，除非你根本不花錢，否則你是決不會取勝的。尤其是如果你買畫而不買衣服的話。但是那時我們從未想到我們自己窮。我們不接受這個概念。我們認為我們是高人一等的，我們看不起並且理所當然地不予信任的其他人卻是有錢的。拿圓領長袖運動衫當內衣穿來保暖禦寒，在我看來毫無奇怪之處。這只在有錢人眼裏才顯得古怪。我們吃得不錯而且便宜，我們喝得不錯而且便宜，我們睡得很好而且睡在一起很溫暖，相親相愛。

「我想我們應該去看賽馬，」我的妻子說。「我們有好長時間沒有去啦。我們可以帶一份午餐和一點酒去。我會做一些可口的三明治。」

「我們可以乘火車去，這樣比較便宜。但是如果你認為我們不該去，那就別去。我們今天不論幹甚麼都會是有趣的。今天是個美妙的日子。」

「我認為我們應該去。」

「你不想把錢用在別的方面嗎？」

「不想，」她高傲地說。她長着可愛的高顴骨，顯得高傲。「不管怎麼說，我們是甚麼人啊？」

這樣，我們就從北站乘火車出發，穿過城裏最髒最糟的地區，然後從鐵路的側線走到那綠洲般的賽馬場。時間尚早，我們就在新修剪過的綠草堤上鋪上我的雨衣，坐下吃午餐，就着瓶子喝葡萄酒，觀看那古老的大看台、那些棕色的購馬票的木製小間、綠色的跑道、一道道暗綠色的跳欄、褐色閃光的障礙水溝、刷白的石牆和白色的柱子和欄杆、在新近透出綠葉的樹林下的圍場，以及正被帶往圍場的第一批馬。我們又喝了一些葡萄酒，研究賽馬報上的程序表，我妻子在雨衣上躺下睡着了，太陽正照在她的臉上。我走過去，發現有一位過去在米蘭的聖西羅賽馬場結識的熟人。他給我提了兩匹馬的名字。

「記着，牠們是不值得下大賭注的。但是也別讓這賠率叫你不想下注了。」

我們用打算花費的一半錢押在第一匹馬上，牠的賠率是十二比一，牠跳越得很漂亮，在跑道遠遠那一端跑在頭裏，到達終點時領先四個馬身。我們把贏來的錢留下一半，把它收起，用另一半賭那第二匹馬，只見牠向前衝去，躍過一道道跳欄，一路領先，每次跳躍起，兩下鞭打，在平地上剛剛跑到終點線，那匹眾望所歸的馬就緊跟上來了。

我們到看台下面的酒吧去喝杯香檳，一邊等待公佈贏馬配的金額。

「啊呀，賽馬真是讓人挺難受的，」我的妻子說。「你可曾看見那匹馬在後面追牠嗎？」

「我心裏這會兒還能感覺到呢。」

「牠能配多少錢？」

「牌價上寫的是十八比一。但是人家可能最後又下了不少注。」

馬群走過面前，我們的那匹濕漉漉的，鼻孔張大着喘氣，騎師輕輕拍打着牠。

「可憐的馬兒，」我的妻子說。「我們只不過下下注罷了。」

我們注視着牠們在面前經過，又喝了一杯香檳，然後那贏金的牌價亮出來了：

八十五。這意味着押十法郎能拿到八十五法郎。

「人家準是在最後關頭押下了一大筆錢，[1]」我說。但是我們贏了不少錢，對我們來說，這是一大筆錢了，這時我們有了春天，也有了錢。我想這正是我們所需要的一切。像這樣的一天，如果你把贏來的錢分成四份，每人花四分之一，還可以留下一半作為今後看賽馬的本錢。我把這筆本錢悄悄藏起來，不同其他的錢相混。

那年在這以後我們有次旅行歸來，又有一天在一家賽馬場遇上了好運氣，於是在回家途中在普律尼埃飯店前停下，觀看了櫥窗裏明碼標價的所有美饈佳餚以後，走進去在吧台前坐下。我們要了牡蠣和墨西哥螃蟹，加上兩杯桑塞爾葡萄酒。我們在黑暗中穿過蒂伊勒里公園[2]走回去，停下步來，越過騎兵競技場拱門眺望這黑沉沉的花園，以及這一片幢幢黑影後面的協和廣場的燈火，再過去是兩長列逐漸升高的燈火直達凱旋門。接着我們回頭向盧浮宮的暗處看去，我說，「你真的認為這三座拱門是成一直線的嗎？這兩座跟米蘭的塞米昂納拱門？」

「我不知道，塔迪。人家這麼說來着，那他們是應該知道的。你可記得我們當初在雪地裏登山，最後到達聖伯納山隘[3]的意大利那一邊，進入了春天，你跟欽克[4]和我一整天就在這春光裏下山到了奧俄斯泰城？」

「欽克把這稱作『穿了上街的鞋子翻過聖伯納山口』。還記得你的鞋子嗎?」

「我可憐的鞋子。你可記得我們在美術館旁的比菲咖啡館吃什錦水果杯,吃盛在加有冰塊的大玻璃罐裏兑上卡普里白葡萄酒的新鮮桃子和野草莓嗎?」

「正是在那時候使我琢磨起那三座拱門來。」

「我記得塞米昂納拱門。它就像這座拱門。」

「你可記得在艾格爾[5]的那家客棧,那天我在釣魚,你和欽克一起坐在花園裏看書?」

「記得,塔迪。」

我記得那河面很窄、河水灰暗而且有大量雪水的羅訥河,河的兩岸都有一條可以捕鱒魚的溪流,施托卡普河和羅訥支流。那天施托卡普河河水實在清澈,而羅訥河的那條支流仍然是黑黝黝的。

「你還記得正當七葉樹開花的時候,我怎樣竭力想回憶起我想是吉姆·甘布爾[6]給我講過的那個關於紫藤花的故事,可我卻始終記不起來了?」

「我記得,塔迪,而你跟欽克兩人總是講到要怎樣把事情弄得清清楚楚,把它們寫下來,要表達得恰到好處而不用描繪。我甚麼都記得。有時他對,有時是你對。

我還記得你們爭論的燈光、結構和外形等具體情況。」

此刻我們已經穿過盧浮宮，走出院門，來到了外面的街對面，倚着石欄站在橋上，俯視橋下的流水。

「我們三個人甚麼事情都要爭論一番，總是爭論具體問題，我們還互相開玩笑。我們在整個旅途中幹過的一切，說過的一切，我全都記得，」哈德莉說。「我記得清清楚楚。甚麼都記得。你跟欽克兩人講話的時候，總是包括我在內。可不像在斯泰因小姐家裏只是一個做妻子的。」

「但願我能記起紫藤花那個故事。」

「那無關緊要。重要的是葡萄樹，塔迪。」

「你可記得我從艾格爾帶回那個休假小木屋的葡萄酒嗎？人家在客棧裏賣給我們的。他們說這酒應該就着鱒魚一起喝。我們把酒用《洛桑日報》包了帶回家，我記得。」

「西昂[7]葡萄酒甚至更好。你還記得我們回到休假小木屋之後，甘吉斯韋施太太做奶汁鱒魚來着？那可真是妙極的鱒魚，塔迪，我們在外面門廊上一面喝西昂酒，一面吃鱒魚，山坡從下面一路下削，我們能眺望日內瓦湖，隔湖望見積雪覆蓋到半山腰的南高峰，望見羅訥河流入那湖的河口附近的樹林。」

「我們在冬天和春天總是要想念欽克。」

「總是這樣，而現在春天快過去了，我還在想念他。」

欽克是個職業軍人，從桑赫斯特[8]畢業後就去了蒙斯前線。我第一次遇見他是在意大利，成了我的莫逆之交，接着很長一段時間內成了我們兩人的莫逆之交。那時他每逢休假，總跟我們一起玩。

「他打算下一個春天爭取到假期。上星期他從科隆寫過信來。」

「我知道，這回我們可得享受眼前的生活，一分鐘也不放過。」

「我們現在正注視着河水，水正沖擊着這座扶牆。我們朝河的上游望去，看看能望見甚麼。」

我們望着，只見一切都在眼前：我們的這條塞納河，我們的這座城市和我們這城市的這座島。

「我們太幸運啦，」她説。「我希望欽克能來。他關心着我們。」

「他可不這樣想。」

「當然不會這麼想。」

「他想我們是一起在探險。」

「我們是這樣。但那決定於你探甚麼樣的險。」

我們走過橋去，來到這條河的我們這一邊。

「你又餓了嗎？」我說。「我們。又說又走的。」

「當然啦，塔迪。難道你不餓？」

「我們去一個非常好的地方，吃一頓豐盛的晚餐吧。」

「哪兒？」

「米肖餐廳，好嗎？」

「那好極了，而且離這兒很近。」

於是我們沿着教皇路走到雅各路的拐角，不時停下觀看櫥窗裏的畫和傢具。我們站在米肖餐廳的外面看貼出的菜單。餐廳內很擁擠，我們等待顧客出來，注意着那些邊上的人們已經喝完了咖啡的桌子。

我們因為走路肚子又餓了，而米肖對我們來說是一家令人興奮和昂貴的餐廳。當時喬伊斯常和他的家人去那兒吃飯，他和他妻子背靠牆坐着，喬伊斯一隻手舉着菜單，透過厚厚的眼鏡片瞅着菜單；諾拉[9]，一個胃口很大但很嬌氣的食客，坐在他的身邊；喬吉奧顯得清瘦，從後面看去，頭髮賊亮，有點像紈絝子弟；露西亞，長着一頭濃濃的鬈髮，是一個還沒有怎麼長大的姑娘；他們全都講意大利語。[10]站在那裏，我琢磨着我們在橋上的感受到底有多少僅僅是飢餓。我問我的妻子，她說，「我不知道，塔迪。飢餓有很多種類。逢到春天，種類就更多了。但是現在飢餓已經過去了。記憶就成了飢餓。」

我說了蠢話，便往窗子裏望去，看見兩客腓力牛排正端上桌子，我這才清楚我乾脆就是肚子餓。

「你說過今天我們很幸運。我們當然如此。我們可是得到了很好的建議和信息啊。」

她笑出聲來。

「我可不是指賽馬啊。你真是個缺乏想像力的小夥子。我說幸運是指別的方面。」

「我可不認為欽克喜歡看賽馬，」我這一說使我顯得更蠢了。

「對。他只是在騎馬的時候才關心。」

「你還想去看賽馬嗎？」

「當然。而且現在我們可以愛甚麼時候再去就去了。」

「但是你真的想去嗎？」

「當然。你也想去，不是嗎？」

我們進了米肖餐廳，美美地吃了一餐；但是等我們吃好了，再也沒有飢餓的問題了，卻在乘上公共汽車回家時，那種我們在橋上感到的類似飢餓的感覺依然存在。等我們走進了房間，上了床在黑暗中做了愛，我還是感到飢餓。半夜醒來發現窗子都開着，月光照在高聳的建築的屋頂上，這飢餓的感覺還在。我把臉從月光下轉向暗處，可是睡不着，就躺着想這到底是怎麼回事。我們倆在夜裏醒了兩次，現在月光照在她的臉上，她睡得正香。我非得把這一點想出個究竟來，可是我太笨了。那天早晨我醒來發現是個虛假的春天，聽到那趕山羊群的人吹起的笛聲，跑出樓去買賽馬報，生活似乎顯得就是那麼簡單。

但是巴黎是一座非常古老的城市，而我們卻很年輕，這裏甚麼都不簡單，甚至貧窮、意外所得的錢財、月光、是與非以及那在月光下睡在你身邊的人的呼吸，都不簡單。

註釋：

[1] 他們買馬票時賠率為十八比一，結果拿到的是八點五比一，說明最後關頭有很多人也買了這馬的馬票，才使賠率大幅度下降。

[2] 以蒂伊勒里宮得名，該王宮於一八七一年被焚，現為巴黎著名花園。

[3] 聖伯納山隘位於瑞士西南端，為橫貫瑞士和意大利國境線的阿爾卑斯山的一個山隘。從那裏可朝南下山到達意大利西北端的城市奧俄斯泰。

[4] 欽克為海明威好友愛爾蘭軍官埃里克·愛德華·多爾曼－史密斯的外號。海明威在米蘭醫院養傷時和他結識，成為終身好友。

[5] 艾格爾位於瑞士西南部日內瓦湖的東南。

[6] 吉姆·甘布爾（Jim Gamble, 1882-1958）為海明威在意大利北部當志願兵時紅十字會的上司，上尉軍銜，是美國寶潔公司（Proctor & Gambls）的小開，曾建議資助海明威和米蘭醫院護士艾格尼斯在歐洲旅遊一年。

[7] 西昂（Sion）為位於瑞士西南部羅訥河畔的一古城。

[8] 桑赫斯特（Sandhurst），指英國皇家軍事學院，該學院位於倫敦西面的桑赫斯特鎮，故名。

[9] 喬伊斯和諾拉·巴納克爾於一九零四年開始同居，生有一子喬吉奧和一女露西亞，一九二零年起定

居巴黎，成為專業作家。他和諾拉到一九三一年才正式結婚。

[10] 喬伊斯於一九零五年起先後在今意大利東北部的的里雅斯特港和瑞士的蘇黎世教授英語，至一九二零年才定居巴黎。

一項副業的終結

那一年以及後來的那幾年在我清晨工作以後，我們有好多次一起去看賽馬，而哈德莉很欣賞賽馬，有時甚至可說熱愛。但這並不是在最後那片森林上方高山間的草地上的攀登，也不是走回到我們寄宿的那小木屋的那些夜晚，也不是跟我們最好的朋友欽克一起翻過一個高山隘口進入另一個國家。那也不是真正的賽馬。那是在馬身上下注賭博。但我們把它叫做賽馬。

賽馬從未在我們之間造成過隔閡，只有人才能做到這樣；但有很長一段時間它緊緊地待在我們心中，像一個要求極高的朋友。這是對待它的寬宏大量的想法。我，這麼一個對別人及其破壞性一向持非常公正的態度的人，能容忍這位最虛偽、最漂亮、最令人興奮的邪惡而苛求的朋友，這是因為能從它那裏獲利。但是要從中獲利，就需要把全部工作時間都投入怕還不夠，而我沒有時間這麼幹。但是我給自己證明賭賽馬是正當的，因為我寫過它，儘管到頭來我寫的東西全丟失了，只有一篇寫賽馬的短篇小說因為在郵寄途中而僥倖存留了下來。

如今我更多的是獨自一人去看賽馬，我聚精會神地投身其中，陷得難解又難分了。在賽馬季節，只要有可能，我在奧特伊和昂吉安兩個賽馬場都賭。要克服不利的條件，明智地賭賽馬，是一件要搭上全部時間的工作，而即使那樣你也贏不到錢。這不過是紙上談兵如此這般而已。你可以去買一張賽馬報，它就能告訴你這些。

你得從奧特伊的看台最高處觀看一場障礙賽，還得很快登上高處，才能看到每匹馬是怎麼跳的，看到那匹本該取勝的馬卻沒有獲勝，並且看出為甚麼或者牠是怎樣沒有做到牠本來能夠做到的。每次你押了一匹馬，你注意那賭注與贏款之間的差額和賠率的一切變動，你還得了解那馬這會兒情況怎麼樣，最後還得知道馬房的訓練人員要在甚麼時候讓牠試賽。遇到牠試跑時，牠可能總是被擊敗；但是到那時你就應該知道牠獲勝的機會如何了。這是一件苦差事，可是在奧特伊每天觀看他們賽馬是絕妙的，如果你能到場的話，看那些駿馬在進行公正的比賽，你就開始熟悉那片場地，如同你以往熟悉的任何地方那樣。最後你認識了很多人，騎師、馴馬師、馬主人以及許多馬和許許多多的事兒。

原則上我只在認準了一匹馬時才下賭注，但是有時候我發現有些馬沒有人信任，除了那些訓練和乘騎牠們的人，但我在牠們身上下注卻一次又一次地贏了。最後我停手不幹了，因為花去的時間太多，我陷得越來越深了，對於在昂吉安發生的一切和在無障礙賽馬場上發生的一切也知道得太多了。

我不再去賭賽馬了，這時我感到很高興，但是它留下了一種空虛之感。那時我懂得了不論是好事還是壞事，一旦停止了，總會留下一種空虛之感。如果那是壞事，這空虛之感就會自己填補起來。而如果那是好事，你就只能找一個更好的來填補。我把賭賽馬的本錢放回到總的積蓄中去，感到輕鬆愉快。

我放棄賭賽馬的那天，過河到塞納河的對岸，在那時設在意大利人林蔭大道的意大利人路的拐角上的那家抵押信託公司的旅遊服務台前碰到了我的朋友邁克·沃德。我正把賭賽馬的本錢存進去，但我沒有告訴任何人。我沒有把這筆錢轉入支票戶，儘管我腦子裏始終記得有這筆錢。

「想去吃午飯嗎？」我問邁克。

「當然，小夥子。着啊，我能陪你一起去。怎麼回事？你不是要去賽馬場嗎？」

「不。」

我們在盧瓦廣場一家非常出色的普通小酒館吃午餐，喝着絕妙的白葡萄酒。廣場對面就是國家圖書館。

「你一向不常去賽馬場，邁克，」我說。
「對。有好久沒去了。」
「為甚麼就此不去了？」
「我不知道，」邁克說。「不。我當然知道。凡是得下了注才能得到刺激的都是不值得一看的。」
「你就此不去看看了嗎？」
「有時也去看一場大賽。有良種的駿馬參加的比賽。」
我們在這家小酒館自製的好麵包上塗上豬肉醬，喝着白葡萄酒。
「你過去對那些駿馬很關心嗎，邁克？」
「啊，是的。」
「你看比這更好的是甚麼？」
「自行車賽。」
「真的嗎？」
「你不用下賭注。你會明白的。」

「跑賽馬場得花費很多時間。」

「花得太多啦。佔去了你所有的時間。我不喜歡那兒的人。」

「我過去非常愛好。」

「當然。你現在能對付得過去？」

「行。」

「不再去賽馬場是件好事，」邁克說。

「我已經不再去了。」

「這樣做很不易。聽着，小夥子，哪天我們一起去看自行車賽。」

那是一件新鮮的好事，可是對此我懂得很少。然而我們並沒有立即開始。那要待之來日。那將成為我們後來生活的一個重要部份，那時我們在巴黎生活的第一階段給打斷了。

但是有很長一段時間我們滿足於回到我們在巴黎的那個區域，離跑馬場遠遠的，把希望寄託在我們自己的生活和工作上，寄託在我們所熟知的那些畫家上，不想靠賭博來謀生，並用別的名字去美化它。我已開始寫很多關於自行車賽的短篇小說，但從沒寫出過一篇能跟那些在室內和室外賽車場以及在公路上的車賽媲美的賽車小說。但是我要寫出那在煙霧瀰漫的午後陽光下的冬季賽車場，那高高的傾斜的木製跑道，賽車人騎車駛過時輪胎在硬木跑道上發出的呼呼聲，賽車人爬高和下衝時作出的拚搏和採用的策略，每個人都成了他的車子的一部份；我要寫出那中距離賽的魅力，那些摩托車的喧鬧聲，後面掛着領騎員[1]乘的拖斗，他們戴着沉重的防撞頭盔，穿着笨重的皮夾克，身軀後傾，為跟隨在他們後面的賽車人擋住迎面襲來的氣流，而這些賽車人都戴着比較輕巧的防撞頭盔，身軀低低地俯伏在車把上，兩腿蹬着巨大的鏈輪，那些小前輪幾乎碰到那輛為他們擋住氣流的摩托車後面的拖斗，還有那比甚麼都激動人心的人與人的較量，摩托車噗噗噗地響着，賽車人胳膊肘挨着胳膊肘，輪子挨着輪子，一會兒爬高，一會兒下衝，飛快地繞着圈子，直到有人跟不上步調，突然掉了隊，而原先那股被擋住了使他不致受到襲擊的像一堵牆般堅實的氣流，這時擊中了他。

有多種多樣的車賽。有連續的短程賽預賽或者兩人對抗賽，那兩名賽車人會在車上保持平衡不動好幾秒鐘，有意讓對方領先以取得有利地位，然後慢慢盤旋環行，最後猛地一變而為衝刺，全憑速度取勝。還有些兩小時的團體計時賽的節目，其中有可以消磨一個下午的一系列純然是全速短程預賽，有一個人孤零零地進行的按計時錶一小時能跑多遠的完全比速度的項目，有在布法羅體育場那有五百米朝裏傾斜的木製賽車道的大圓形賽車場上非常危險但很壯觀的一百公里長程賽，還有在人們跟隨大摩托車進行比賽的蒙特魯奇露天體育場上，那了不起的比利時冠軍利納爾特，因為臉部從側面看像蘇族印第安人，人們管他叫「蘇族人」，在最後衝刺關頭狠狠地加速，需要飲料潤喉時，他彎下頭去通過連接他賽車服襯衣內的熱水瓶的橡皮管啜吸櫻桃白蘭地，還有在奧特伊附近王子公園那條六百六十米水泥跑道上跟隨大型摩托車進行的法國錦標賽，那是條最惡劣的跑道，我們看見過那著名賽車手加耐從車上栽下來，聽到他的腦殼在防護頭盔下給砸碎的聲音，就像你在野餐時在一塊石頭上砸碎一隻煮雞蛋以便剝殼那樣。我一定要寫那歷時六天的車賽的奇異世界和在山間舉行的越野賽的驚心怵目的場面。法語是唯一適當地用來寫車賽的語言，而所有的術語全都是法語，因此寫起來就很困難。邁克說得對，沒有必要去下賭注了。但那是在巴黎另一段時間發生的事了。

註釋：

[1] 領騎員：在自行車比賽中騎摩托車在前面帶路的人。

飢餓是很好的鍛煉

在巴黎，你如果吃得不夠飽，就會感到飢腸轆轆，因為所有的麵包房在櫥窗裏都擺着那樣好的東西，而且人們在外面人行道上的桌邊吃喝，因此你既能看到又能聞到食物。那時你已放棄新聞工作，[1]還沒有寫出一篇在美國有人願意買的東西來，在家裏打招呼說要跟甚麼朋友在外面吃午飯，那麼最好的去處該是盧森堡公園，那裏從天文台廣場一直到沃日拉爾路一路上見不到聞不到一點吃的東西。從那裏你總是能走進盧森堡博物館，如果你腹內空空、餓得發慌，那些名畫就全都顯得更加鮮明，更加清晰也更加美了。我學會更深刻地理解塞尚，真正弄明白他是怎樣創作那些風景畫的，正是在我飢餓的時候。我曾經時常想知道他畫畫的時候是否也是挨着餓的；但是我想可能他只是忘記吃飯罷了。這正是當你失眠或飢餓的時候才有的一種不健康但頗有啟發性的想法。後來我想，塞尚大概是在一種不同的方面感到飢餓吧。

你走出了盧森堡公園，就能沿着狹窄的費魯路走到聖絮爾皮斯教堂廣場，那裏仍然沒有一家餐館，只有這靜悄悄的廣場和上面的那些長椅和樹木。有一座噴泉和幾頭獅子的塑像，還有在人行道上踱步或棲息在那些主教塑像上的鴿子。還有那座教堂和在廣場北邊的出售宗教用品和祭祀法衣之類的商店。

從這廣場向前走，如果不經過那些賣水果、蔬菜、葡萄酒的店舖或者麵包房和糕餅點心店，你就沒法走向塞納河。但如果你小心選擇路徑，可以從你右邊繞過那由灰色和白色石頭構築的教堂到達奧德翁劇院路，然後向右拐彎走向西爾維亞·比奇的書店，這一路上不會經過多少賣吃食的地方。奧德翁劇院路上沒有吃喝的去處，你要走到廣場才有三家餐館。

等你到達奧德翁劇院路十二號[2]，你的飢餓已經給抑制下去了，可是你所有的感覺卻又加強了。那裏懸掛的照片看起來不同凡響，你看到一些以前從未看到的書籍。

「你真太瘦了，海明威，」西爾維亞會這樣說。「你吃得夠飽嗎？」

「當然。」

「午飯你吃了甚麼？」

我的胃幾乎要翻動了，可是我會說，「我現在正打算回家吃飯去。」

「三點鐘吃午飯？」

「我不知道已經這麼晚了。」

「有天晚上阿德里安娜[3]說要請你和哈德莉吃晚飯。我們想請法爾格[4]來。你喜歡法爾格，是吧？或者請拉爾博。你喜歡他。我知道你喜歡他的。或者不論誰只要是你真正喜歡的。你跟哈德莉說一聲好嗎？」

「我知道她會樂意來的。」

「我要給她發一封氣流管輸送的信。這一陣你不能像樣的吃飯，就別幹得太辛苦了。」

「我不會的。」

「你馬上回家吃午飯去，要不就太晚了。」

「他們會給我留着的。」

「也不要吃冷的東西。吃一頓熱乎乎的中飯吧。」

「有我的信嗎？」

「我想沒有。可讓我看一下。」

她看了一下，找到了一張通知單，快活地抬起頭來，接着打開了她書桌下邊一扇關着的門。

「這是在我出去時送來的，」她說。那是一封信，摸上去似乎裏面附有紙幣。「韋德爾科普，」西爾維亞說。

「那準是《橫斷面》[5] 寄來的。你見過韋德爾科普嗎？」

「沒有。不過他跟喬治一起在巴黎。他會來看你的，別擔心。也許他想先付給你錢。」

「那是六百法郎。他說還會再給一些。」

「真高興你提醒我看看有沒有信件。親愛的好之又好的先生。」

「真是滑稽，我能出手一些稿子的唯一地方竟然是德國。賣給他，還有《法蘭克福日報》。」

「是嗎？可你千萬別心煩。你可以拿些短篇小說賣給福特，」她逗我。

「一頁稿子三十法郎。就算每三個月在《大西洋彼岸評論》上發表一個短篇吧。一個季度一個五頁長的短篇只能得一百五十法郎。一年總共六百法郎。」

「可是，海明威，你別為這些短篇現在能給你多少錢心煩。重要的是你能寫出這些短篇來。」

「我知道。我能寫這些短篇。可沒人願意買啊。打從我不幹新聞工作以來，沒有到手過錢。」

「它們會賣出去的。瞧。你眼前不是就有一篇弄到了錢嗎？」

「我很抱歉，西爾維亞。請原諒我說了這些。」

「原諒你甚麼？總免不了要說到這些的，或者說甚麼別的事。你難道不知道所有的作家說的都是他們的苦惱嗎？可是答應我你別心煩，還有要吃得飽飽的。」

「我答應你。」

「那就回家去吃中飯吧。」

走到外面奧德翁劇院路上，我為自己說了那一大堆抱怨的話而厭惡自己。我現在幹的正是出於我自己的自由意願要幹的事，只是我幹得很蠢。我本該買一隻大麵包，把它吃了，而不該跳過一頓飯。我可以體味到那好吃的棕色麵包皮的味道。但是不喝甚麼飲料，它在你嘴裏就乾巴巴的難以下嚥。你這該死的愛抱怨的傢伙。你這骯髒的假聖人和殉道者，我對自己說。你放棄新聞工作是出於自願。你有信譽，西爾維亞肯借錢給你的。她借錢給你有好多次了。當然囉。這樣，接下來你就會在其他方面作出妥協啦。飢餓是有益健康的，在你飢餓的時候看畫確實是看得更清晰。然而吃飯也是很美妙的，你可知道此時此刻該上哪兒去吃飯？

利普飯店將是你去吃喝的地方。

利普飯店很快就能走到，每經過一個供吃喝的地方，我的胃，跟我的眼睛或鼻子一樣很快就注意到了，這使這樣的步行增添了樂趣。這啤酒餐廳裏人很少，我在那張靠牆的長椅上坐下來，背後是一面大鏡子，前面有張桌子，侍者問我要不要啤酒，我說來一杯上好的，來一大玻璃杯足足有一公升的，還要了一份土豆色拉。

啤酒很冷冽，非常好喝。油煎土豆很硬，在滷汁裏泡過的，橄欖油味道很鮮美。我在土豆上撒了點兒黑胡椒麵，把麵包在橄欖油裏浸濕。喝了一大口啤酒後，我慢慢地吃喝起來。油煎土豆吃完後，我又要了一客，加上一客煙熏香腸。這是一種像又粗又大的法蘭克福紅腸的東西，一劈為二，塗上特別的芥末醬。

我用麵包把橄欖油和芥末醬一掃而光，慢慢地呷着啤酒，等到啤酒開始失去涼意，才一飲而盡，然後要了半升一杯的啤酒，看着侍者把酒注入杯內。這似乎比那杯上好啤酒更涼，我一口就喝下了半杯。

我向來並不心煩，我想。我知道我那些短篇小說是不錯的，在國內終究會有人願意出版的。當我停止幹新聞工作時，我確信這些短篇小說就會出版的。可是我寄出的每一篇都給退了回來。使我充滿信心的是愛德華·奧布賴恩[6]把我那篇《我的老頭兒》編入了《最佳短篇小說選》，並且把那一年的那一集題獻給我。這時我笑出了聲，又喝了些啤酒。那個短篇從未在雜誌上發表過，他卻不顧一切破例把它收入選集。我又一次笑出了聲，侍者看了我一眼。這很可笑，因為儘管做到了這一切，他居然把我的名字都拼錯了。那是哈德莉那次把我寫的作品全放在衣箱裏在里昂車站給人偷去以後僅存的兩篇中的一篇，她原想把那些手稿帶到洛桑來給我，讓我驚喜，這樣我們山區度假時我就可以在原稿上加工了。她當初把原稿、打字稿和複寫的副本一股腦兒放進了一隻隻馬尼拉紙紙夾中。我擁有這一篇小說的唯一原因是林肯·斯蒂芬斯[7]曾把它寄給一個編輯，這個編輯後來把它退了回來。於是在其他所有稿件都被偷走之際，它正在郵寄途中。另一個短篇則是叫做《在密執安北部》的那一篇，是在斯泰因小姐來我們的公寓之前寫成的。因為她說這篇小說有傷大雅，我始終沒有謄抄出來。它一直在甚麼地方的一個抽屜裏放着。

所以在我們離開洛桑往南到了意大利以後，我把那篇寫賽馬的短篇給奧布賴恩看。他是個文雅、靦腆的人，臉色蒼白，長着一雙淡藍色的眼睛和一頭他自己修剪的筆直難看的長髮，當時他作為一個寄宿者住在一所俯臨拉帕洛[8]的修道院裏。那時我的處境很不好，自以為再也不能寫甚麼了，於是把那篇小說當作一件新奇的東西給他看，就像你可能會愚蠢地把你說過已不知怎地丟失了的一隻輪船上用的羅經櫃給人看，或者像你抬起一隻穿着皮靴的腳，開玩笑說在一次飛機失事後已給截去了。等他讀了這個短篇，我看出他遠比我為之傷心。[9]我從沒見過有誰曾被死亡或不堪忍受的苦難以外的甚麼事弄得這麼傷心過，除了哈德莉在告訴我那些稿件全都不翼而飛的時候。她起先哭了又哭，沒法啟齒告訴我。我對她說不論發生了甚麼可怕的事情，沒有甚麼事情能壞到那種程度，不管它是甚麼都沒有問題，不用煩惱。我們會努力補救的。於是，她終於告訴了我。我相信她不會把複寫的副本也一起帶來的，就僱了一個人代替我去採訪新聞。那時我幹新聞工作很賺錢，便乘火車前往巴黎。情況確實是那樣，我還記得我開門進了公寓，發現確實甚麼都沒有了以後，那天晚上我都幹了些甚麼。現在事情已經過去，而欽克曾教過我千萬別談論意外事故；因此我叫奧布賴恩別感到太難過。丟失了早期作品，也許對我是件好事，我給他講了一大套你灌輸給軍隊的那種鼓舞士氣的話。我準備重新開始寫短篇，我說，儘管我這樣說，不過是想用謊話使他不要感到那麼難過，我知道我是會這樣做的。

接着我在利普飯店開始回想自從那些作品都丟失後我是甚麼時候才能動手寫第一個短篇的。那是在科蒂納．丹佩佐[10]，當時我不得不打斷了春季的滑雪活動，被派往萊因蘭和魯爾區採訪，事後才去那兒與哈德莉會合。那是一個極簡單的短篇，叫做《禁捕季節》，我把老頭兒上吊自殺的真實的結尾略去了。這是根據我的新理論刪去的，就是說如果你知道你省略了而省略的部份能加強小說的感染力，並且使人們感覺到某些比他們理解的更多的東西，你就能省略任何東西。

是啊，我想，現在我這樣寫了，弄得人家看不懂了。對這一點是不可能有多大疑問的。完全可以肯定，沒有人要這些東西。但是人們會理解的，就像他們對繪畫總是能理解的一樣。只是需要時間，需要信心罷了。

每逢你不得不減少飲食的時候，你必須好好地控制住自己，這樣你就不會變得整天價想着肚子餓了。飢餓是良好的鍛煉，你能從中學到東西。而且只要人家不懂得其中的道理，你就超過他們了。當然啦，我想，我現在已遠遠地超過他們，弄得要定時吃上飯也辦不到了。要是他們追上來幾步，也不是壞事。

我知道我必須寫一部長篇小說。但這似乎是一件不可能做到的事，其原因是我在試着寫一些將來可能成為一部長篇小說的精華部份的段落時遇到了極大困難。現在必須寫一些較長的短篇，就像你為參加一次長跑比賽而進行鍛煉一樣。在這以前我曾寫過一個長篇，就是放在旅行包裹在里昂車站被偷走的那一篇，當時我仍舊具有少年時期的那種抒情的能力，但是它像青春一樣容易消逝而不可靠。我知道這篇小說被偷走可能是件好事，可我也知道我必須寫出一部長篇小說來。只是我要盡量推遲直到我不得不動手為止。要是我想寫一部長篇小說只是為了我們要按時吃上飯才這麼做，那我就不是人。等我不得不動手寫的時候，那麼寫就是唯一要做的事，此外別無選擇。讓這股壓力越來越大吧。與此同時，我要以我最熟悉的題材寫出一個比較長的短篇來。

這時我已付了賬走出了飯店，向右拐彎跨過朗內路，這樣我就不會到雙獮猴咖啡館去喝咖啡，而是沿着波拿巴路抄最近的路回家。

有哪些我最熟悉的題材還沒有寫過或者已經丟失了？我真正了解而且最最關心的是甚麼？你對此根本無法選擇。你能選擇的只是走哪些捷徑能把你盡快地帶回到你寫作的地方去。我沿着波拿巴路走到局伊內梅，接着到了阿薩斯路，最後從鄉村聖母院路走到丁香園咖啡館。

我坐在一個角落裏，午後的陽光越過我肩頭照進來，我在筆記簿上寫着。侍者給我端來一杯牛奶咖啡，等咖啡涼了，我喝下半杯，放在桌上，繼續寫着。等我停下筆，我還是不想離開那條河[11]，在那裏我能看到水潭裏的鮭魚，水潭表面的流水拍打在阻住去路的圓木樁組成的橋墩上，平靜地激起波浪。這個故事寫的是戰後還鄉的事，但全篇沒有一字提到戰爭。

但是到了早晨，這條河還將在那裏，我必須寫它和那一帶地方以及一切行將發生的事。以後有的是日子，可以每天寫一點。其他的事都無關緊要。我的口袋裏有德國寄來的錢，所以也沒有生活問題。等這筆錢用完了，別的錢就會來的。

現在我必須做的一切就是保持身體健康和頭腦清醒，直到早晨來臨，那時我又將開始寫作了。

註釋：

[1] 海明威於一九二一年九月與哈德莉結婚後，同年十二月三日即乘船前往巴黎，因小説家舍伍德·安德森的介紹信而於翌年三月偕妻子步行前往斯泰因小姐的工作室拜訪，自此結成友誼。當時海明威尚為加拿大《多倫多星報》駐歐洲記者，後因斯泰因認為新聞工作消耗創作的精力建議海明威辭去而專心從事創作，海明威接受了她的意見，自此成了一個專業作家。

[2] 就是西爾維亞·比奇小姐開設的莎士比亞圖書公司所在地。除了斯泰因小姐的工作室和埃茲拉·龐德的工作室以外，這裏是二十年代僑居巴黎的英美作家、藝術家的第三個匯聚中心。

[3] 阿德里安娜·莫尼耶（Adrienne Monnier）為西爾維亞的同行，在附近開設書店，贊助文藝事業，和西爾維亞有同性戀關係。

[4] 法爾格（Léon-Paul Fargue, 1876-1957），法國象徵主義詩人，當時已發表詩集多種，一九三零年後轉向主要撰寫有關巴黎生活的隨筆。

[5]《横斷面》應是阿爾弗雷德·弗萊希特海姆在法蘭克福創辦的文藝月刊。但作者在一百二十一頁上說是「柏林的」。

[6] 愛德華·奥布賴恩（Edward O'Brien, 1890-1941），美國作家、編輯。從一九一四年至一九四零年，每年編選發表一冊《最佳短篇小說選》，影響不小。

[7] 林肯·斯蒂芬斯（Lincoln Steffens, 1866-1936），美國記者、雜誌編輯，擅寫揭露政府及工商界腐敗現象的文章，為新聞界揭發醜聞運動的主要領導人之一。

[8] 拉帕洛（Rapallo），位於意大利西北部熱那亞港東的一個瀕地中海的旅遊城市。

[9] 短篇小說《我的老頭兒》寫一個老騎師，最後在一次賽馬中當場摔死。

[10] 在意大利東北部，奥地利國境線上的阿爾卑斯山支脈的南麓，為滑雪勝地。

[11] 指密歇根州北部的大雙心河，他當時寫的就是著名的短篇小說《大雙心河》（第一、二部）。

那座小希臘神廟，我想，一定還在花園裏。但是我們沒有能單憑「才智之士」的基金使這位少校從銀行裏脱身出來，這始終使我感到失望，因為在我的夢想中早已想像他也許住進了那座希臘小神廟，也許我能跟埃茲拉·龐德一起去那兒串門，給他戴上桂冠。我知道哪兒有上好的月桂樹，我能騎自己的自行車去採集月桂樹葉，我還想，任何時候他感到寂寞，或者任何時候埃茲拉看完另一首像《荒原》那樣的長詩的原稿或校樣，我們都可以給他戴上桂冠。

——〈埃茲拉·龐德和他的「才智之士」〉

福特·馬多克斯·福特和魔鬼的門徒

丁香園是我們住在鄉村聖母院路一百一十三號鋸木廠樓上那個套間時離我們最近的一家上好的咖啡館，也是巴黎最好的咖啡館之一。冬天咖啡館裏很溫暖，在春天和秋天，一張張桌子放在人行道的樹蔭下，就在內伊元帥雕像的那一邊，而在廣場上，那些固定的方桌沿着林蔭大道放在大遮篷下，這時坐在外面是非常愜意的。有兩個侍者是我們的好朋友。圓頂和穹廬這兩家咖啡館的常客從不來丁香園。那裏沒有他們認識的人，要是他們來了，也沒有人會注意他們。在那些日子裏，許多人上蒙帕納斯林蔭大道和拉斯帕伊林蔭大道相交的拐角上的那些咖啡館去拋頭露面，在某種程度上，他們指望在這種地方，能讓專欄作家們每天報道他們的動態，作為他們希冀享有的不朽聲名的替代物。

丁香園一度是一家詩人們或多或少地定期聚會的咖啡館，而最後一位露面的主要詩人是保羅·福爾[1]，他的作品我從未讀過。但在那裏我見過的唯一一位詩人是布萊斯·桑德拉爾[2]，臉上帶着拳擊手的傷痕，一隻空袖子用別針向上別着，他用那隻完好的手捲着香煙。他喝得不太多的時候是個很好的夥伴，當時他說起謊來，可要比許多人講真實的故事更有趣。可是他是那時上丁香園來的唯一的詩人，而我只在那裏見過他一次。丁香園的顧客多半是上了年紀、留着鬍鬚、穿着舊的講究衣服的人，他們帶了妻子或者情婦一起來，上衣的翻領上佩着榮譽軍團的細條紅綬帶，有的沒有。我們懷着希望把他們當作是科學家或學者，他們坐着喝一杯開胃酒，幾乎跟那些穿着較寒傖、襟前佩着學院棕櫚葉榮譽勳章的紫色綬帶、帶了他們的妻子或情婦來喝牛奶咖啡的人坐的時間一樣長，但是那紫色綬帶跟法蘭西學院毫不相干，我們認為那只說明他們是教授或講師。

這些人把丁香園變成了一家很愜意的咖啡館，由於他們都互相關心，關心喝的甚麼酒或者咖啡，或者炮製的甚麼飲料，關心那些夾在木條報夾中的報刊，所以沒有人在這裏炫耀自己。

另有一些是住在本地區的人，他們也上丁香園咖啡館來，他們中間有些人在上衣翻領上佩着十字軍功章的綬帶，也有別的一些人佩着軍功獎章的黃綠兩色的綬帶，我注意到他們多麼巧妙地克服因失去了胳臂或大腿而引起的困難，看出他們的人造眼球的品質如何和他們傷殘的臉面被補救到甚麼程度。在這種復原到相當程度的臉上總有一抹幾乎像彩虹色那樣的光澤，有點像一條壓得很結實的滑雪斜道的反光，而我們對這些顧客比對那些學者或教授更為尊敬，儘管後者可能在軍隊服役中也有過出色的表現，但是沒有失去手足。

在那些日子裏，我們對任何沒有參加過大戰的人一概不表信任，但是我們也不完全信任任何一個人，人們對桑德拉爾非常反感，認為他大可不必對他那隻失去的臂膀那麼炫耀。我很高興他下午很早就到丁香園來，那時那些常客還沒有來到。

這天傍晚，我正坐在丁香園外面的一張桌子邊，注視着樹木和建築上的光線在變化，還有在外面那兩條林蔭大道上緩緩走過的馬群。我身後的那道咖啡館的門打開了，在我右邊有個男人走出來，走到我的桌邊。

「啊，你在這裏，」他說。

原來是福特·馬多克斯·福特，他那時是這樣稱呼自己的，[3]他透過濃密的染色的八字鬍沉重地喘着氣，把身子挺得筆直，像一隻能走動的、包裝得很好的倒置的大酒桶。

「可以跟你一起坐嗎？」他問道，一面坐了下來，一雙眼睛在毫無血色的眼皮和淡淡的眉毛下面顯出一種褪了色的藍色，正望着林蔭大道。

「我這一生曾花了好多年工夫勸人們該用仁慈的方式屠宰那些牲畜，」他說。

「你告訴過我了，」我說。

「我想我沒有。」

「我記得很清楚。」

「那就非常怪啦。我這一生從未告訴過任何人。」

「你來一杯好嗎？」

侍者站在那兒，福特就對他說要一杯尚貝里黑茶藨子酒。那侍者又高又瘦，頭頂已禿，有幾綹頭髮滑溜溜地蓋在上面，他蓄了兩撇濃密的老式龍騎兵小髯子，他重複說了一遍福特要的酒。

「不。來一杯兑水的優質白蘭地吧，」福特說。

「給先生來一杯兑水的優質白蘭地，」侍者進一步肯定客人要的酒。

我總是盡可能不正眼看福特，而在一間關上門的屋子裏，如果跟他挨得很近，我總是屏住了呼吸，但是這時是在露天，落葉沿着人行道從桌子我坐的這一邊吹過他那一邊，所以我好好地看了他一眼，覺得後悔，便朝林蔭大道對面望去。光線又變了，可我沒有注意是甚麼時候變的。我喝了一口酒，看看是否由於他的來到敗壞了原來的味道，但味道仍然很好。

「你怎麼這樣悶悶不樂，」他說。

「不。」

「是的，你是這樣。你需要多出來活動活動。我順便來看你，想邀你參加我們在那有趣的大眾舞廳[4]舉行的小型晚會，舞廳離壕溝外護牆廣場很近，就在勒穆瓦納紅衣主教路上。」

「在你最近這次來巴黎之前，我在那兒的樓上住過兩年。」

「多怪啊。你肯定是這樣嗎？」

「是的，」我說。「我肯定。舞廳的主人有一輛計程車，碰到我得乘飛機時，他總會開車送我去機場，而去機場之前我們會在舞廳的白鐵皮吧台邊待一會兒，摸黑喝上一杯白葡萄酒。」

「我可從來就不喜歡乘飛機，」福特說。「你和你妻子準備好星期六晚上去大眾舞廳吧。那兒挺愉快的。我給你畫一張地圖，這樣你就能找到了。我是非常偶然才發現的。」

「它就在勒穆瓦納紅衣主教路七十四號的樓下，」我說。「我當時住在三樓。」

「沒有門牌號碼，」福特說。「可要是你能找到壕溝外護牆廣場，就能找到那個地方。」

我又喝了一大口酒。侍者送來了福特要的酒，福特糾正他說，「不是白蘭地加蘇打水，」他提醒他，但口氣很嚴峻。「我要的是尚貝里味美思酒加黑茶藨子酒。」

「不要緊，讓，」我說。「這白蘭地我要了。去給先生拿他現在要的酒來。」

「是我原來要的，」福特糾正道。

這時，有個面色頗為憔悴的男人披着斗篷在人行道上走過去，他偕同一個身材高挑的女人，向我們的桌子瞥了一眼，然後轉過眼去，繼續沿着林蔭大道走去。

「你看見我不理睬他嗎？」福特說。「你確實看見我沒有理睬他嗎？」

「沒有。你不理睬的是誰啊？」

「貝洛克，[5]」福特說，「我確實給了他一個不理不睬！」

「我沒有看到，」我說。「你幹嗎要不睬他？」

「有千萬條充足的理由，」福特說。「可我確實給了他一個不理不睬！」

他徹頭徹尾地覺得快活。我從未見過貝洛克，也不認為他剛才看到了我們。他看起來像一個正在想甚麼心事的人，幾乎只是無意識地朝桌子瞥了一眼。我感到很不舒服，福特居然對他這樣粗魯，而我就像一個剛開始接受教育的年輕人，對他作為一位老作家懷有很高的敬意。這種事情如今是不可理解的了，但在那時卻是稀鬆平常的事。

我想如果貝洛克在我們的桌前停下來，那會是一件愉快的事，這樣我就可以認識他了。因為遇到了福特，這天下午給糟蹋了，但是我想貝洛克本該使這種情況有所改善的。

「你為甚麼要喝白蘭地？」福特問我。「難道你不知道開始喝白蘭地對一個年輕作家是致命的嗎？」

「我不常喝白蘭地，」我說。我這時正在回想埃茲拉·龐德對我談起的關於福特的那些話：我決不能對他粗魯，我必須記住，他只是在很疲憊的時候才說謊，但他確實是個好作家，而且遭遇過很多家庭煩惱。我竭力回想這些事情，但是福特本人那副沉重的、呼哧呼哧喘着氣的令人不齒的架勢，就在我伸手可摸到的地方，使我難以容忍。但我還是勉力為之。

「告訴我，一個人為甚麼要不睬人？」我問他。直到那時，我一直以為這是只有在奧伊達[6]的小説裏才幹的事。我還沒能讀到一部奧伊達寫的小説。即使在瑞士的一個滑雪勝地，當潮濕的南風颳起，讀物已經看完，只剩下一些戰前的陶赫尼茨版[7]的書籍的時候。但是我從第六感覺肯定，在她寫的那些小説裏，人們是互相不理睬對方的。

「一個有教養的人，」福特解釋說，「經常會對一個無賴不理不睬。」

我很快呷了一口白蘭地。

「他會不睬一個粗魯的人嗎？」我問道。

「一個有教養的人不可能會結識一個粗魯的人。」

「那麼你只能對跟你處於平等地位的熟人不加理睬，是嗎？」我追問道。

「自然哪。」

「一個人怎麼會結識無賴呢？」

「你可能當時並不知道，也可能這傢伙後來才變成無賴的。」

「甚麼樣的人才是無賴呢？」我問道。「是不是人們得把他揍得死去活來的那種人？」

「不一定那樣，」福特說。

「埃茲拉．龐德是個有教養的人嗎？」我問道。

「當然不是，」福特說。「他是美國人嘛。」

「難道美國人成不了有教養的人？」

「也許約翰．奎因能，」福特解釋說，「你們的那些大使中間的一個。」

「邁倫·提·赫里克[8]呢？」

「可能是。」

「亨利·詹姆斯是個有教養的人嗎？」

「差不離啦。」

「你是個有教養的人嗎？」

「那自然囉。我持有英王陛下的委任。[9]」

「這聽起來挺複雜，」我說。「那我是不是個有教養的人？」

「根本不是，」福特說。

「那你幹嗎跟我在一起喝酒？」

「我跟你一起喝酒是把你看作一個有前途的青年作家。事實上把你看作一個同行。」

「謝謝你的好意，」我說。

「在意大利人家可能會把你看成是個有教養的人，」福特寬宏大度地說。

「那我不是個無賴囉？」

「當然不是，親愛的老弟。誰說過這樣的話？」

「我可能會變成個無賴，」我沮喪地說。「白蘭地跟甚麼酒都喝。特羅洛普[10]的小說裏的哈里·霍普斯珀勳爵就是這樣給毀的。告訴我，特羅洛普可是個有教養的人？」

「當然不是。」

「你能肯定嗎？」

「可能有兩種看法。可是我的看法只有一種。」

「菲爾丁[11]是嗎？他可是個法官。」

「技術上說或許是吧。」

「馬洛[12]呢？」

「當然不是。」

「約翰·鄧恩[13]呢？」

「他是一個牧師。」

「講得真有趣，」我說。

「很高興你能感興趣，」福特說。「我來陪你喝一杯兑水的白蘭地再走。」

福特離開後，天黑了，我走到書報亭去買了一份《巴黎體育概覽》，那是午後出版的賽馬報的最後一版，報道奧特伊賽馬場的比賽結果以及關於次日在昂吉安比賽的預告。侍者埃米爾已經接替了讓的班，跑到桌前來看奧特伊馬賽的最後結果。我有位難得到丁香園來的好朋友，這時來到桌邊坐了下來，正當我那位朋友向埃米爾要一杯飲料的時候，那個面色憔悴、披着斗篷的男人跟身材高挑的女人在人行道上從我們身邊經過。他向我們的桌子瞟了一下，接着便轉過頭去了。

「那是希拉里·貝洛克，」我對朋友說。「福特今天下午在這裏待過，給了他一個『假裝沒看見』。」

「別傻蛋了，」我的朋友說。「他是阿萊斯特·克勞利[14]，那個施妖術魔法的人。他堪稱世間最邪惡的人物。」

「對不起，」我說。

註釋：

[1] 保羅·福爾（Paul Fort, 1872-1960），法國象徵主義詩人，曾創作大量歌謠。

[2] 布萊斯·桑德拉爾（Blaise Cendrars, 1887-1961），瑞士法語詩人，在詩歌和隨筆方面大膽創新。

[3] 福特原來的姓是休弗（Hueffer），一九二三年改為福特。

[4] 大眾舞廳（Bal Musette）是用手風琴伴奏的一種舞廳。

[5] 貝洛克（Hilaire Belloc, 1870-1953），英國詩人、史學家，英國現代散文大師之一。作品有《韻文和十四行詩》、《英國史》四卷、《諾納號的巡航》等。他是瑪麗·貝洛克·朗茲的弟弟。

[6] 奧伊達為英國女作家瑪麗·路易絲·德拉拉梅（Marie Louise de la Ramēe, 1839-1908）的筆名，著有大量傳奇小說，很多以歐洲大陸為背景，晚年長期僑居佛羅倫薩，寫了好些關於意大利農民的小說。

[7] 德國人卡爾·陶赫尼茨（Karl Tauchnitz, 1761-1836）於一七九六年在萊比錫建印刷廠，印刷出版古典文學作品，後由其子繼承，刊行英文版的英美作家叢書，以小開本的紙面本形式大量發行，買有版權，註明只能在歐洲大陸發行，對普及英語作品起了很大作用。

[8] 赫里克（Myron T. Herrick, 1851-1929），美國律師、外交家，一九一二年起任駐法大使。

[9] 指在第一次世界大戰中受英國政府委任為威爾士團隊的軍官，在法國服過役。

[10] 特羅洛普（Anthony Trollope, 1815-1882）為英國多產小說家，主要作品為以假想的巴塞特郡為背景的系列小說《巴塞特郡紀事》六卷。

[11] 菲爾丁（Henry Fielding, 1707-1754），英國劇作家、小說家，長篇小說《棄兒湯姆·瓊斯》為他的代表作。

[12] 馬洛（Christopher Marlowe, 1564-1593），英國伊莉莎白王朝的詩人、劇作家，與莎士比亞同時代，劇作有《浮士德博士》、《馬耳他的猶太人》等。

[13] 鄧恩（John Donne, 1572-1631），英國玄學派詩人的代表。所作詩歌分為宗教詩與愛情詩兩部份。一六二一年任聖保羅大教堂的住持。

[14] 克勞利（Alestiar Crowley）是當時著名的能施魔法的巫師，據説是古代異教徒的巫術的繼承者。

一個新流派的誕生

幾本藍色書脊的筆記簿、兩支鉛筆和一把捲筆刀（一把隨身帶的小摺刀就顯得太浪費）、大理石桌面的桌子、清晨的氣息，加上地板打掃擦洗乾淨，再就是運氣，這就是你需要的一切。為了碰上好運，你在右邊口袋裏放了一顆七葉樹的堅果和一條兔子的小腿。[1] 兔子腿上的毛早已給磨掉，露出的骨頭和腱被磨擦得亮光光的。那些爪子在你口袋的襯裏上抓撓着，於是你知道你的運氣還在。

有些日子寫得非常順利，以致你可以把那片鄉野寫得簡直能走進去再穿過林地走出來到空曠地上，然後爬上高地，觀看那湖灣後邊的群山。鉛筆的鉛芯可能會斷在捲筆刀的圓錐形口中，你就得用削鉛筆的小刀把它清除出來，要不然用那小刀尖利的刀刃小心地把鉛筆削尖，然後回到當時，把你的手臂穿進你那背包上汗水鹽漬的皮帶，把背包重新提起，再把另一隻臂膀伸進去，感到重量落在你的背上，開始舉步走向湖邊，感到軟底鞋踩在松樹的針葉上。

這時你會聽到有人說，「嗨，海姆[2]，你想幹甚麼？在咖啡館裏寫作？」

你的好運就此跑掉了，你只得合上筆記簿。這是可能發生的最倒霉的事。如果你能忍住了不發脾氣，也許比較好，可是當時我不善於按捺自己的性子，便說，「你這臭小子不在你玩膩的窩裏待着，到這裏來搗甚麼鬼？」

「別只因為你想做個行動乖僻的人就這樣侮辱人。」
「閉上你忸怩作態的臭嘴從這兒滾開。」
「這是公共咖啡館。我跟你一樣有權利上這兒來。」
「你幹嗎不上你該去的那家小茅屋咖啡館？」
「哎呀。別那麼囉嗦。」

這時你可以一走了之，希望這不過是一次意外的相遇，而這個來客只是偶然進來坐坐而已，不會引起一場侵擾。還有些別的好咖啡館可供寫作，但是要跑好長一段路，而這家咖啡館才是我的根據地。從丁香園給攆出去是丟人的，我得留下抵抗或者走開。也許走開比較明智，可是怒氣開始冒出來了，我就說，「聽着。像你這號臭小子可以去的地方多的是。幹嗎非得上這兒來，糟蹋一家體面的咖啡館？」

「我只不過是來喝一杯罷了。這又有甚麼不對的地方？」
「在家鄉，人家會給你端上一杯酒，然後把玻璃杯砸碎。」
「家鄉在哪兒呀？聽上去倒像是個動人的地方。」

他就坐在鄰桌，是個又高又胖的戴着眼鏡的青年。他叫了一杯啤酒。我想我可以不去睬他，試試看能否繼續寫作。所以我就不去睬他，寫下了兩句。

「我只不過是跟你講了話罷了。」

我繼續寫，又寫了一句。寫得正順手，你全身心沉浸在裏面，使你欲罷不能。

「我揣想你變得太了不起了，誰也不能跟你說話了。」

我又寫了一句，結束了那一段，把這一段從頭讀了一遍。還是不錯，我就寫了下面一段的第一句。

「你從來不考慮到別人，也想不到人家也可能遇到問題。」

我這一輩子總是聽人抱怨。我發現我能繼續寫下去，而且這不比其他噪音壞，肯定要比埃茲拉．龐德學吹巴松管好得多。

「假定你想成為一名作家，在你身體的每一部份都感覺到自己是個作家，可就是寫不出來怎麼辦？」

我繼續在寫，這時我不但有了實力還開始有了好運氣。

「假定一旦文思終於來臨，像一股不可阻擋的激流，然後一下子斷了，弄得你成了啞巴，一句話也說不出來怎麼辦？」

這比啞巴卻還發出刺耳的噪音好吧，我想，一面繼續寫下去。這時他窮追不捨，正如鋸木廠內鋸一塊厚木板時的噪音遇到干擾一般，他那些令人難以置信的話卻使我感到慰藉。

「我們去了希臘，」後來我聽他這麼說。有一會兒除了當作噪音以外我沒有聽清他說些甚麼。這時我寫的已超過了我預期的任務，可以暫時擱筆，留待明天續寫了。

「你說你講過希臘語還是去過那裏？」

「別那麼庸俗，」他說。「難道你不要我把其餘的情況告訴你？」

「不要，」我說。我合上筆記簿，放進口袋。

「難道你不想知道結果怎麼樣？」

「不想。」

「難道你不關心生活，也不關心跟你同樣的人的痛苦嗎？」

「可不是你的。」

「你真可惡。」

「對。」

「我原以為你能幫我個忙，海姆。」

「我倒是很樂意把你斃了。」

「你會這樣幹嗎？」

「不。法律不容許我這樣做。」

「我願意為你做任何事情。」

「你真願意？」

「我當然願意。」

「那麼你給我離這家咖啡館遠遠的。就從這一條做起。」

我站起身來，侍者跑過來，我付了賬。

「可以陪你一起走到鋸木廠嗎，海姆？」

「不。」

「好吧，改天再見。」

「可不是在這兒。」

「說得完全對，」他說。「我答應你。」

「你正在寫甚麼？」我一念之差，竟這麼問道。

「我盡我最大的努力在寫。就像你那樣。可是難得要命哪。」

「如果你寫不出，你就不該寫。為甚麼非要為此呼天搶地的？回家去吧。找一份工作。把自己吊死算了。可就是別再談寫作了。你根本不會寫。」

「你幹嗎這樣説？」

「你難道從沒聽到自己講話嗎？」

「我這會兒講的是寫作。」

「那就給我閉嘴。」

「你可真殘忍，」他説。「大家都總説你殘忍、沒有心肝而且自高自大。我總是替你辯護。可今後再也不這樣做啦。」

「很好。」

「大家都是一樣的人，你怎麼能這樣殘忍呢？」

「我不知道，」我説。「聽着，要是你不會創作，幹嗎不學着寫評論呢？」

「你認為我該寫評論嗎？」

「那敢情好，」我對他説。「這樣你就總能有東西寫了。你就永遠不用擔心文思來不了，或者成了啞巴，一句話也説不出來了。人們會讀這種文章並且尊重它。」

「你認為我能成為一位優秀的評論家嗎？」

「我不知道能有多優秀。但是你能成為一位評論家的。總是有人會幫助你的，而你也能幫助你的同夥。」

「你說我的同夥指誰？」

「常常跟你在一起的那些人。」

「喔，他們。他們有他們的評論家。」

「你不一定要評論書籍，」我說。「還有油畫、劇本、芭蕾、電影——。」

「給你這一說，聽起來倒很吸引人，海姆。非常感謝你。使人太興奮啦。而且很有創造性。」

「說有創造性，可能估計過高了。畢竟上帝創造世界只花了六天，到第七天便休息了。」

「當然，也沒有甚麼能阻止我搞創作啊。」

「沒有甚麼能阻止你。除非你根據自己寫的評論把標準定得高不可攀。」

「標準會是很高的。這你可以相信。」

「我確信會是那樣的。」

他這時已經是位評論家了，所以我問他是否願意喝一杯，他接受了。

「海姆，」他說，我知道從這時起他已經是個評論家了，因為在對話中，他們把你的名字放在一句句子的開頭而不是末了，「我得告訴你，我發現你的作品有那麼一點兒太光禿禿。」

「那太糟了，」我說。

「海姆，剝得太光，太簡略了。」

「真倒霉。」

「海姆，太光禿禿，剝得太光，太簡略，太露了。」

我懷着負罪感撫摸着我口袋裏的兔子小腿。「我今後試着寫得豐滿一點兒。」

「注意了，我可不希望弄得太臃腫。」

「哈爾，」我說，學着一個評論家的腔調說，「我將盡可能長久地避免那種缺點。」

「很高興我們的看法完全一致，」他富有男子氣概地說。

「你會記住在我工作的時候別上這兒來嗎？」

「自然啦，海姆。當然啦。現在我會有我自己的咖啡館啦。」

「你真好。」

「我盡可能做到這樣吧，」他說。

如果這個年輕人結果能成為一個著名的評論家，那將是饒有趣味而且富有教益的，可是結果沒有向這個方面發展，儘管我有一會兒曾對此抱有很高的希望。

我並不以為他第二天還會來，可是我不想冒險，因此決定給丁香園休假一天。所以次日早晨我一早就起來，把橡皮奶頭和奶瓶在水中煮開，配好奶粉的用量，裝好奶瓶，給了邦比先生[3]一瓶，便在吃飯間的桌子上寫了起來，只有他，那隻小貓F和我醒着，其他人都還沒有醒來。他們兩個很安靜，是忠實的夥伴，所以我寫得比過去甚麼時候都順利。在那些日子裏，你實在不需要任何東西，哪怕是兔子腿兒，可是你能在口袋裏摸摸它，感覺也挺好。

註釋：

[1] 西方有些人認為這兩樣東西帶在身邊可以逢凶化吉。

[2] 海明威姓氏的簡稱。

[3] 指其時海明威與第一任妻子哈德莉所生的兒子約翰，愛稱傑克。「邦比」是海明威給他起的乳名。

和帕散在圓頂咖啡館

那是個美好的傍晚，我辛勤寫作了一整天，便離開了在鋸木廠樓上的套間，穿過堆放着木料的院子走出去，帶上大門，橫穿街道，走進門面正對蒙帕納斯林蔭大道的那家麵包房的後門，在烘爐中冒出的麵包香味中穿過店堂，走到街上。麵包房內和外面已經開着燈，而外面已是一天的終了，我在初起的暮色中沿着大街走去，在圖盧茲黑人餐館外面的平台前停下步來，那裏，餐巾架上擱着用圓木環套住的我們常用的紅白相間的方格餐巾，在等待我們去就餐。我看着用紫色油墨印出的菜單，看到當天的特色菜是什錦砂鍋[1]。看到這道菜的名字使我覺得肚子餓。

餐館老闆拉維格尼先生問我寫作幹得怎麼樣，我說幹得挺順利。他說一大早就看到我在丁香園的平台上寫作來着，因為我那麼專心致志，他沒有跟我談話。

「你有那種一個人獨自處身叢林中的架勢，」他說。

「我寫作的時候就像一頭瞎眼的豬。」

「可你那時不是在叢林中嗎，先生？」

「在灌木叢裏，」我說。

我沿街走去，眼望着櫥窗，春天的黃昏和身邊走過的人群使我感到欣快。在三家主要的咖啡館裏有些我面熟的人和其他我可以與之交談的熟人。但是那裏總有很多相貌風度更出色的人我不認得，他們在這傍晚華燈初上之際匆匆趕到甚麼地方去一塊兒喝酒、一塊兒吃飯然後去做愛。在這些主要咖啡館裏的人們可能幹同樣的事，或者就那樣坐着，喝喝酒，談情説愛，做給別人看。我喜歡的那些人我沒有遇到，他們去了大咖啡館，因為他們可以消失在那些大咖啡館裏，沒有人注意他們，他們可以單獨在那裏，和自己人在一起。當時這些大咖啡館收費也很便宜，都備有上好的啤酒，開胃酒價錢也公道，價目清楚地標在和酒一起端上來的小碟子上。

這一天傍晚，我想的是這些有益身心健康但並無創新之見的念頭，同時感到自己異乎尋常地問心無愧，因為這一天我寫得很順利也很艱苦，我原本卻是想去看賽馬的。可那時我沒有錢，去不了賽馬場，即使那兒有錢可賺，要是你用心幹的話。那時還沒有開始實行唾液檢驗以及其他檢測人為激勵馬匹的方法，因此給馬服用興奮劑的做法是屢見不鮮的。但是權衡服用過興奮劑的馬兒的有利或不利的條件，在圍場裏發現馬兒的那些徵象，憑你的有時近乎「超感覺」的觀察方式行事，然後把你經不起輸掉的錢去押在那些馬兒身上，這一切對一個要供養一個妻子和孩子，又要在學習寫散文這種需要全天投入的活計中取得進展的年輕人來説，可不是正道。

用任何標準來衡量，我們還很窮，因此我依舊採取這樣一種小小的節省開支的辦法，說甚麼有人請我在外面吃午飯，然後花了兩個鐘頭在盧森堡公園裏散步，回到家裏給我妻子描述這頓午飯是多麼豐盛。當你二十五歲的時候，而且生就一副重量級拳擊手的身材，少吃一頓飯能使你感到非常飢餓。但是這樣也能使你所有的感官變得敏銳，我才發現我筆下的那些人物中有很多都具有極強勁的胃口並且對食物懷着極大的愛好和慾望，並且大多數都期待着能喝上一杯。

在圖盧茲黑人餐館我們喝上好的卡奧爾乾紅葡萄酒，喝四分之一長頸大肚瓶、半瓶或者整瓶的，通常兑上大約三分之一的蘇打水，沖淡了喝。在家裏，在鋸木廠樓上，我們有一瓶科西嘉葡萄酒，品牌很有名氣，但是價格低廉。那是一種地道的科西嘉葡萄酒，你可以兑上一半蘇打水把它沖淡，喝起來還是品得出它的味道。在巴黎，那時你幾乎可以不用花甚麼錢就生活得很好，偶爾餓上一兩頓飯，決不買任何新衣服，你就能省下錢來，擁有奢侈品。

現在我從雅仕咖啡館往回走，那裏我看到哈羅德．斯特恩斯[2]，但是我避開了，因為我知道他準會跟我談起賽馬，而當時我正理直氣壯、輕鬆愉快地想起的那些馬匹，正是我不久前才發誓與之一刀兩斷的。這天傍晚，我滿懷着潔身自好的心情走過那群聚集在穹廬咖啡館的人而不顧，心中嘲笑他們的惡習和共同的本能，跨過林蔭大道來到圓頂咖啡館。圓頂咖啡館裏也很擠，但是那裏有些人是幹完了工作才來的。

那裏有幹完了工作的模特兒，也有作畫作到天色暗下來不能再畫的畫家，也有好歹完成了一天工作的作家以及一些愛喝酒的人和其他人物，其中有些我認識，有些不過是裝飾品而已。

我走過去，在帕散[3]和兩個姐妹模特兒坐在一起的一張桌子邊坐下來。我剛才站在戴拉姆勃雷路的人行道上考慮是否進去喝一杯時，帕散曾向我招手。帕散是個非常出色的畫家，此時他已醉了；但鎮定自若，是存心喝醉的，神志還很清醒。那兩個模特兒又年輕又漂亮。一個生得很黑，身材嬌小，體形很美，卻裝出一副弱不禁風的放浪不羈的神態。另一個像孩子似的，表情呆滯，但是具有那種孩子所特有的容易消失的絕色的姿容。她長得不及她姐姐那樣身材勻稱，但是那年春天也沒有別的人是長得那麼好的。

「兩姐妹一個好一個壞，」帕散說。「我有錢。你想喝甚麼？」

「來半升黃啤，」我用法語對侍者說。

「來一杯威士忌吧。我有的是錢。」

「我愛喝啤酒。」

「要是你真的愛喝啤酒，那你該去利普咖啡館。我猜想你一直在寫東西吧。」

「是的。」

「順利嗎？」

「我希望如此。」

「好。我很高興。而且一切都還有滋有味的？」

「是的。」

「你幾歲了？」

「二十五。」

「你想不想幹她？」他朝那黑皮膚的姐姐望去，笑瞇瞇地說。「她需要着哩。」

「你今天大概已經跟她幹夠了。」

她翕開雙唇向我微笑。「他壞，」她說。「可是待人好。」

「你可以把她帶到畫室去。」

「別幹骯髒事，」那金髮妹妹說。

「誰跟你說話來着？」帕散問她。

「沒人啊。可我說出口了。」

「我們來輕鬆一下，」帕散說。「一個嚴肅的年輕作家和一個友好聰明的老畫家還有兩個美麗的年輕姑娘在一起，整個生活都展示在他們面前啊。」

我們坐在那裏，姑娘們啜着飲料，帕散又喝了一杯兌水白蘭地，我喝着啤酒；但是除了帕散以外，誰也不覺得輕鬆愜意。那黑皮膚姑娘焦躁不安，她炫耀地坐着，轉過臉去讓人看到側面，讓光線投射到她臉孔的凹面上，一面向我顯露她黑色羊毛衫裏住的乳房。她的頭髮修剪得很短，又亮又黑像個東方女人。

「你擺了一天的姿勢，」帕散對她說。「難道這會兒還得在咖啡館裏當那件羊毛衫的模特兒？」

「我高興這樣，」她說。

「你看來像個爪哇玩偶，」他說。

「眼睛可不像，」她說。「要比那複雜得多。」

「你看來像個可憐的變態小玩偶。」

「也許吧，」她說。「可我是活的。比你還活呢。」

「我們等着瞧吧。」

「好，」她說。「我喜歡得到證明。」

「你今天可甚麼證明都沒得到吧？」

「哦，你說那個呀，」她說着把臉轉過去，讓黃昏的餘暉照在她臉上。「你只為作畫激動來着。他愛的是油畫布，」她對我說。「總是有些骯髒的東西。」

「你要我畫你，給你錢，操你，這樣來讓我頭腦保持清醒，而且還要愛上你，」帕散說。「你這可憐的小玩偶。」

「你喜歡我，不是嗎，先生？」她問我。

「非常喜歡。」

「可你個兒太大，」她傷心地說。

「在床上每個人的尺寸都一樣。」

「這話不對，」她的妹妹說。「我可聽膩了這種話。」

「聽着，」帕散說。「要是你認為我愛上了油畫布，那明天我用水彩來畫你。」

「我們甚麼時候吃晚飯？」她的妹妹問道。「在哪兒吃？」

「你陪我們一起吃好嗎？」那黑皮膚姑娘問我。

「不。我要陪我的 légitime 一起吃。」那時人家都這麼說。如今他們則說「我的 régulière[4]」了。

「你非得走嗎?」

「非得走而且想走。」

「那就走吧,」帕散說。「可別愛上打字紙啊。」

「要是愛上了,我就用鉛筆寫。」

「明天畫水彩,」他說。「好吧,我的孩子們,我再來一杯,然後到你們想去的地方吃飯。」

「去北歐海盜飯店,」那黑皮膚姑娘說。

「我也想去,」她的妹妹慫恿道。

「好吧,」帕散同意道。「晚安,年輕人。祝你睡得好。」

「祝你也一樣。」

「她們弄得我睡不着,」他說。「我從不入睡。」

「今晚讓你睡。」

「在北歐海盜飯店吃了飯以後嗎?」他把帽子戴在後腦勺上,咧着嘴笑。他看來更像一個上世紀九十年代百老匯舞台上的人物,而不大像一位討人喜歡的畫家,這原是他的本色，等到後來他上吊自殺了，我總愛想起他那天晚上在圓頂咖啡館的形象。人家說我們將來會幹些甚麼，其種子就在我們心中，但是我始終以為那些在生活中愛開玩笑的人心中，種子上覆蓋的是優質泥土和高級肥料。

註釋：

[1] 一般用白扁豆和鮮肉煨製，圖盧茲地區則用鵝、鴨代替，加上多種蔬菜。

[2] 斯特恩斯（Harold Stearns, 1891-1943），美國作家，當時也僑居巴黎。一九二一年發表《美國和青年知識分子》，第二年發表他編的專題論文集《美國文明：三十個美國人的調查報告》，闡明大戰後那一代青年人的信條，對當代美國文明中居統治地位的人們表示蔑視和憎惡。

[3] 帕散（Jules Pascin, 1885-1930），美國畫家，生於保加利亞。一九零五年遷居巴黎，以「風流社會」為題材創作諷刺畫。第一次世界大戰期間加入美國籍，一九二零年回巴黎，開始創作一系列大型聖經和神話題材作品。後轉向描繪婦女。在第一次重要的個展前夕，突然上吊自殺。

[4] légitime，法語，意為「合法的妻子」；régulière，法語，意為「固定的女人」，可指妻子或情婦。

埃茲拉·龐德和他的「才智之士」

埃茲拉·龐德[1]始終是個好朋友，他總給別人辦事。他和他的妻子多蘿西住在鄉村聖母院路的工作室，這間工作室之窮和葛特魯德·斯泰因的工作室之富達到同樣的程度。但是那裏光線很好，生了一隻爐子取暖，有許多埃茲拉熟識的日本藝術家的畫作。他們都是貴族世家出身，蓄着長髮。他們的頭髮黑黑的，閃爍發亮，俯身鞠躬時頭髮就會甩到前面，這給我很深的印象，但是我不喜歡他們的畫。我看不懂這些作品，不過它們也並沒有甚麼神秘之處，而一旦我看懂了，它們在我看來也沒有甚麼意義。我為此感到遺憾，但是對此我毫無辦法。

多蘿西的畫我非常喜歡，我認為多蘿西很美，身段長得美妙極了。我也喜歡戈迪埃—布爾澤斯卡[2]為埃茲拉塑的那座頭像，我也喜歡埃茲拉給我看的關於這位雕塑家的作品的所有照片，這些照片附在埃茲拉寫的關於他的那部書裏。埃茲拉還喜歡皮卡比阿[3]的那幅畫，但那時我認為它一無價值。我也不喜歡溫登姆·劉易斯[4]的那幅畫，而埃茲拉卻喜歡得不得了。他喜歡他那些朋友的作品，這作為對朋友的忠誠是一種美德，但作為評論則能成為災難性的。我們從來不為這些事爭論，因為我對於自己不喜歡的事物是閉口不談的。如果一個人喜歡他朋友們的畫或者著作，我想那很可能就像那些愛自己的家庭的人，你去批評他們的家庭是不禮貌的。

有時候你能忍住很長一段時間才批評你自己的或者妻子的家人，但是對於拙劣的畫家就比較容易，因為他們並不做出可怕的事情來，也不像家人那樣能造成私人感情上的傷害。對於拙劣的畫家你只消不去看他們的作品就行了。但是即使你能做到不去考慮家人，不去聽他們說甚麼，並且做到不寫回信，他們在許多方面還是能造成危害的。埃茲拉對人比我和善，也比我更具有基督教精神。他自己的著作，寫得對頭的話，都是非常完美的，而他犯錯誤時是那麼真誠，對自己的謬誤是那麼執着，對人又是那麼和善，以致我總認為他是屬於聖徒一類的人物。他也暴躁易怒，但是也許很多聖徒都是這樣的吧。

埃茲拉要我教他拳擊，正是在有天下午我們在他工作室裏你來我往地練拳時，我第一次見到溫登姆·劉易斯。那時埃茲拉練習拳擊還不很久，讓他當着甚麼熟人的面練拳，我感到有點窘，就盡可能使他看起來打得漂亮些。但是效果並不十分好，因為他懂得了怎樣推擋，可是我仍然在勉力教他把左手用來出手擊拳，始終把左腳跨向前方，然後把右腳挪上與之平行。這不過是些基本步法。我始終沒有教會他打左鈎拳，而要教會他如何縮短右拳出手的幅度則要留待以後再說了。

溫登姆·劉易斯戴了一頂寬邊的黑帽，像這個拉丁區的一個角色，穿着打扮像從《波希米亞人》[5]中走出來的。他長着一張使我想起青蛙的臉，不是那種大牛蛙而不過是隻普通青蛙，而對他來說巴黎這個水塘未免太大了。那時我們認為每個作家或者畫家可以穿他擁有的任何服裝，對於藝術家並沒有規定的制服；可是劉易斯卻穿着大戰前的藝術家的那種制服。看到他使人發窘，他卻傲慢地看着我閃開埃茲拉開頭用左手的連連出擊或者用戴着拳擊手套的沒握緊的右手擋住它們。

我想停止練拳，但劉易斯堅持要我們打下去，於是我看出儘管他對我們到底在幹甚麼一無所知，他正在等待，希望看到埃茲拉被我打傷。[6]但是甚麼都沒有發生。我決不反擊，只是讓埃茲拉始終隨着我走動着，伸出左手，用右拳打出幾下，然後我說我們結束吧，便用一大罐水沖洗了身子，用毛巾擦乾，穿上我的長袖運動衫。

我們喝了一點甚麼飲料，我聽埃茲拉和劉易斯談起在倫敦和巴黎的一些人。我小心地注視着劉易斯，並不做出在瞧他的樣子，就像你在拳擊時那樣，可我認為我從沒見過比他的神情更討人厭的人。有些人顯出一副兇相，就像馬賽中的駿馬，顯示出是良種一樣。他們有一種像硬性下疳那樣的尊嚴。劉易斯並不流露出兇相；他只是神情顯得討人厭而已。

在走回家的途中，我竭力在想他使我想起了甚麼，結果使我想起了許多事情。

全都是有關醫學方面的，除了腳趾頭壓傷以外，這是一個俚語詞兒。我試圖把他的臉分成一個個局部來描述，但只能做到寫那雙眼睛。我第一次看到那雙眼睛時，上面壓着那頂黑帽，看上去像是一個強姦未遂者的眼睛。

「我今天見到了一個我見過的最討厭的人，」我對我的妻子說。

「塔迪，別告訴我他是怎樣的一個人，」她說。「請別告訴我他是怎樣的一個人。我們就要吃晚飯了。」

大約一個星期後，我見到斯泰因小姐，告訴她結識了溫登姆·劉易斯，問她曾見過他沒有。

「我管他叫尺蠖[7]，」她說。「他從倫敦來到這兒，只要看到一張好畫，就從口袋裏掏出鉛筆，你就看到他用拇指按在鉛筆上測量那幅畫。一面仔細察看着畫，一面測量着尺寸大小，看那畫是怎樣確切地畫成的。然後他回到倫敦把它畫出來，可就是畫得不對頭。他沒能看出那幅畫到底是怎麼回事。」

這樣，我就把他看成尺蠖。這個稱呼比我自己想的他是甚麼要更和善並更符合基督教精神。後來，我竭力試着喜歡他，跟他做朋友，就像我對埃茲拉的幾乎所有朋友，在他向我解釋他們是怎樣的人物後那樣。但是上面所說的乃是我在埃茲拉的工作室中第一天看到他時他給我的印象。

埃茲拉是我認識的最慷慨，也是最無私的作家。他幫助他信任的詩人、畫家、雕刻家以及散文作家，他也願意幫助任何人，不論是否信任他們，只要他們處境困難。他為每個人操心，在我最初認識他的時候，他最操心的是托·斯·艾略特，據埃茲拉告訴我，艾略特不得不在倫敦一家銀行裏工作，因此沒有足夠的時間而只能在不適當的時候發揮一個詩人的作用。

埃茲拉和納塔利·巴尼小姐創辦了一個叫做「才智之士」的組織，她是一位有錢的美國女人，是藝術事業的贊助人。巴尼小姐曾是我那前輩雷米·德·古爾蒙[8]的朋友，她在家裏定期舉行沙龍，花園裏有一座希臘小神廟。許多相當有錢的美國和法國女人都有沙龍，我很早就考慮到這些地方雖好，我還是避開為妙，不過我以為在花園裏有一座希臘小神廟的還只有巴尼小姐一個人。

埃茲拉曾把介紹「才智之士」組織的小冊子給我看，而巴尼小姐容許他把那座希臘小神廟印在小冊子上。「才智之士」的計劃是我們大家不管收入多少，都捐獻一部份來提供一筆基金，把艾略特先生從那家銀行中解脫出來，使他有了錢，可以寫詩。在我看來這是個好主意，並且埃茲拉相信等我們把艾略特先生從銀行裏解脫出來以後，就可以一鼓作氣地把每個人都安頓好。

我把這事稍稍搞混了，因為總是把艾略特稱作梅傑·艾略特，假裝把他跟梅傑·道格拉斯混淆在一起，而梅傑·道格拉斯是一位經濟學家，埃茲拉對他的觀點懷有很高的熱情。但是埃茲拉明白我的心情是正常的，而且滿懷着「才智之士」組織的精神，儘管在我向朋友們請求資助基金使梅傑·艾略特得以從銀行中脱身時，有人會説一位少校[9]究竟在銀行裏幹甚麼，再説，要是他被軍事組織裁掉，難道他沒有養老金，或者至少總有點退役金吧？這一來會使埃茲拉感到煩惱。

碰到這樣的情況，我會向朋友們解釋説這一切都不相干。要麼你心目中有「才智之士」，要麼你心目中沒有。如果你心目中有，你就願意捐款使少校從銀行裏解脱出來。如果你心目中沒有，那就太糟啦。難道他們不了解那座小希臘神廟的意義嗎？不了解？我想是這樣。太糟啦，老弟。把你的錢藏好。我們不會碰它的。

作為「才智之士」組織的一個成員，在那些日子裏我為它幹得很起勁，而我最快樂的夢想乃是看到那位少校大步走出銀行成為一個自由人。我記不起「才智之士」這個組織最後是怎樣垮掉的，但是我想這跟《荒原》的出版多少有關，這部長詩為少校獲得了《日晷》雜誌的詩歌獎，[10]過後不久，一位有貴族稱號的夫人資助艾略特的一份名為《標準》的評論雜誌，這樣，埃茲拉和我就不必再為他操心了。那座小希臘神廟，我想，一定還在花園裏。但是我們沒有能單憑「才智之士」的基金使這位少校從銀行裏脱身出來，這始終使我感到失望，因為在我的夢想中早已想像他也許住進了那座希臘小神廟，也許我能跟埃茲拉一起去那兒串門，給他戴上桂冠。我知道哪兒有上好的月桂樹，我能騎自己的自行車去採集月桂樹葉，我還想，任何時候他感到寂寞，或者任何時候埃茲拉看完另一首像《荒原》那樣的長詩的原稿或校樣，我們都可以給他戴上桂冠。從道義上説，這件事像許多事情一樣，結果被我弄得很糟，因為那筆我專門留作把少校從銀行裏解脱出來的錢，我拿了去到昂吉安賽馬場，押在那些在興奮劑的影響下進行跳欄賽的馬身上了。在兩次賽馬會上，我下賭注的那些服用興奮劑的馬勝過了沒有服用興奮劑或者服用得不夠的牲口，只有一次比賽中我們的想像力給刺激得過了頭，那馬兒竟在起跑前就把騎師甩下鞍來，搶先跑了整整一圈障礙跑道，獨自優美地跳過障礙，那樣子就像你有時在夢裏跳躍那樣。等牠被騎師逮住重新騎上馬背，牠一路領先，表現得很體面，正如法國賽馬術語所説的那樣，可是我終究賭輸了。

如果那筆賭注歸入了「才智之士」，我也許會感到快活些，可是這個組織已不復存在了。但我又安慰自己，要是我下的那些賭注贏了，我給「才智之士」的捐獻就能大大超過我原來意欲捐獻的數字了。

註釋：

[1] 埃茲拉·龐德（Ezra Pound, 1885-1972），美國現代派詩歌大師。十六歲就讀於賓州大學即開始寫詩，曾短期任教於瓦巴什學院，一九零八年去歐洲，在倫敦，與休姆等詩人發起意象派詩歌運動。一九二零年偕妻子多蘿西來到巴黎，積極支持並幫助T·S·艾略特的長詩《荒原》的修改與出版，鼓勵並指導當時在巴黎的青年作家如海明威、菲茨傑拉德、喬伊斯等人的文學創作，直至一九二四年去意大利拉巴洛定居為止。

[2] 戈迪埃—布爾澤斯卡（Henri Gaudier-Brzeska, 1891-1915），法國最早的抽象派雕塑家，「漩渦主義」運動的著名倡導者。一九一三年前往倫敦，詩人龐德成為他的贊助人和宣傳者，在第一次世界大戰中陣亡。

[3] 皮卡比阿（Francis Picabia, 1879-1953），法國油畫家、插圖家、設計師、作家和編輯。一九一一年參加立體派黃金小組，一九一三年在紐約軍械庫展覽會和艾爾弗雷德·施蒂格列茨的分離派攝影畫廊展出作品。

[4] 劉易斯（Wyndham Lewis, 1882-1957），英國畫家、作家，漩渦畫派創始人。在三十年代取得很大

成就，創作了《巴塞羅那的投降》和《詩人艾略特》等有名畫作，也寫出了長篇小說《愛情的復仇》等優秀作品。

[5] 《波希米亞人》為意大利作曲家普契尼的三幕歌劇，寫巴黎拉丁區窮藝術家的生活，故又譯為《藝術家的生涯》。

[6] 劉易斯對他在一九二二年七月戲劇性地被介紹給海明威有如下的記述：當他推開龐德的工作室的門時，他見到「一個身材魁偉的年輕人，上身赤裸着直至腰部，軀幹白得炫目，正站在離我不遠處。他高大，英俊，而且神色安詳，正用他的拳擊手套擊退——我認為並沒有甚麼過份用力——埃茲拉發出的一次激動的攻擊。在最後一下向那炫目的太陽神經叢揮舞拳頭之後（毫不費力地讓那僅穿着褲子的塑像避開了），龐德向後跌倒在他的沙發椅上。那年輕人就是海明威。」（見傑弗里·邁耶斯的《海明威傳》第八十五頁）從以上記述，海明威這裏所說的「我看出儘管他對我們到底在幹甚麼一無所知，他正在等待，希望看到埃茲拉被我打傷……」以及把劉易斯描繪成一個兇神惡煞般的人，只是他初見劉易斯時毫沒來由的錯覺和偏見，後來他們成了很好的朋友。但是海明威在回憶當年初識的印象，仍如實地寫出他當時真實的感覺，即使那是不正確的。

[7] 尺蠖英文名 measuring worm，意為「在測量的軟體蠕蟲」，斯泰因這比喻很是生動。

[8] 雷米·德·古爾蒙（Remy de Gourmont, 1858-1915），法國作家，他的評論文章對法國象徵派美學理論的傳播起了很大作用，對龐德和艾略特影響頗大。

[9] 原文 Major 一詞意為「少校」。

[10] 一九二一年冬天，艾略特與埃茲拉．龐德相遇於巴黎，長詩《荒原》經龐德刪削後，分別在艾略特自己編輯的倫敦《標準》雜誌一九二二年十月號和《日晷》一九二二年十二月號上發表。不久，因長詩「對美國文學所作出的貢獻」而獲該年《日晷》的頒獎。

那是個明媚的春日，我從天文台廣場穿過那小巧的盧森堡花園。七葉樹正綻放着花朵，許多小孩在礫石鋪地的走道上遊戲，他們的保姆則在長椅上坐着，我看見樹林裏有斑尾林鴿，有些我看不見但是聽得見。

我還沒有按鈴女僕就把門開了，她叫我進屋去等着。斯泰因小姐隨時會下樓來。那時還不到晌午，可是女僕卻給我倒了一杯白蘭地，放在我手裏，快活地眨眨眼。這無色的烈酒在我的舌頭上感覺極佳，當酒香猶留在我嘴裏時，我聽見有人在跟斯泰因小姐說話，一個人跟另一個人像那樣說話是我從未聽見過的；從來沒有聽見過，不論在甚麼地方，也不論在甚麼時候。

——〈一個相當奇妙的結局〉

一個相當奇妙的結局

我與葛特魯德·斯泰因最後分手的方式是相當奇特的。我們曾是極親密的朋友，我給她幹了許多實事，諸如把她那本大部頭作品與福特商妥先以連載方式發表，用打字機幫她把原稿打出來，並閱讀校樣，我們眼看會成為比我原先可能希望的更好的朋友。跟顯貴的女人交朋友，對男人來說不會有多大的前途，儘管在交情變得更為親密或者惡化以前，這種友誼能令人感到相當愉快，而跟那些真正雄心勃勃的女作家交往，其前途通常甚至更為渺茫。有一次，我藉口說不知道斯泰因小姐是否在家，有一陣子沒有順道去花園路二十七號，她就說，「可是海明威，你在這地方有任意出入的自由啊。難道你不知道？我說的是真心話。甚麼時候來都行，女僕」——她提到她的名字，可我已經忘了——「會照料你的，你一定要當作是自己的家等我回來。」

我沒有濫用這個自由，但有時會順道過訪，那女僕會給我斟一杯酒，我會觀賞那裏的油畫，如果斯泰因小姐不回來，我會向女僕道謝，留下口信離去。斯泰因小姐和她的一個伴侶正做好準備要乘斯泰因小姐的汽車到南方去，而這一天她要我下午去給她送別。她要我們去作客，哈德莉和我那時正待在旅館裏，但是哈德莉和我另有計劃，我們另有地方要去。自然，這事我們絕口不提，但是起先你仍舊希望能去，繼而卻去不成了。我懂得一點兒如何不去拜訪人的方法。我不得不學會這一套。很久以後，畢加索[1]告訴我，凡是有錢的人家請他去，他總是答應去的，因為這一來使人家感到非常高興，不過隨後會發生甚麼事，他去不成了。可是這跟斯泰因小姐一點沒關係，他說的是其他人。

那是個明媚的春日，我從天文台廣場穿過那小巧的盧森堡花園。七葉樹正綻放着花朵，許多小孩在礫石鋪地的走道上遊戲，他們的保姆則在長椅上坐着，我看見樹林裏有斑尾林鴿，有些我看不見但是聽得見。

我還沒有按鈴女僕就把門開了，她叫我進屋去等着。斯泰因小姐隨時會下樓來。那時還不到晌午，可是女僕卻給我倒了一杯白蘭地，放在我手裏，快活地眨眨眼。這無色的烈酒在我的舌頭上感覺極佳，當酒香猶留在我嘴裏時，我聽見有人在跟斯泰因小姐說話，一個人跟另一個人像那樣說話是我從未聽見過的；從來沒有聽見過，不論在甚麼地方，也不論在甚麼時候。

接着傳來了斯泰因小姐的懇求聲和央求聲，她說，「別這樣，小貓咪。別這樣。別這樣，請別這樣。我甚麼都願幹，小貓咪，可是請別這麼幹。請別這樣。請別這樣，小貓咪。」

我一口氣喝下剩酒，把酒杯放在桌上，便往門口走去。女僕向我搖搖手指，低聲說，「別走。她馬上就要下來了。」

「我得走了，」我說，盡可能不再聽下去，但是在我走出去時那話音仍在繼續，我要聽不見的唯一辦法就是溜之大吉。聽到那話音教人受不了，而那回答的聲音教人更受不了。

到了院子裏，我對女僕說，「請你這麼說，我進了院子，見到了你。說我不能等待因為一位朋友病了。替我祝她們一路順風。我會寫信給她的。」

「就這麼說定了，先生。多可惜，你沒法等下去。」

「是啊，」我說。「真可惜。」

對我來說，事情就這樣了結了，做得夠蠢的，儘管我後來仍舊為她幹一些小差事，必要時露一下面，帶領那些她要求見見面的人上她那兒去，然後等到一個新階段來臨，一批新的朋友來到她家，他們才和大多數男朋友一起被打發走。看到一些新的毫無價值的畫和那些名作一起掛進了工作室是令人悲哀的，但是這已經無關緊要了。在我看來就是無關緊要了。她幾乎跟我們所有喜愛她的人都吵了嘴，除了胡安·格里斯，她無法跟他吵架了，因為他已經死了。[2] 我不能肯定他會計較這種事情，因為他已對甚麼都不計較了，這從他的繪畫作品中可以看得出來。

最後她跟這些新朋友也吵架了，可是我們中間沒有一個人再去注意這種事了。她變得看起來像個羅馬皇帝，如果你喜歡你的女人看起來都像羅馬皇帝，那敢情好。但是畢加索曾給她畫過像，我還記得她那時看起來像個來自弗留利地區的女人。

到最後，每個人，也許並不是每個人，都和她言歸於好，為了不致顯得妄自尊大或者理直氣壯。我也這樣做了。但是不論在我心裏還是在我腦子裏，我再也不能真誠地和人友好相待了。如果你在腦子裏再也不能跟人友好相待，這才是最糟不過的事。但是實際情況比這要複雜得多。

註釋：

[1] 畢加索，即繪畫大師巴勃羅・畢加索，其時亦在巴黎，聲名初起，與海明威有交往。

[2] 胡安・格里斯（Juan Gris, 1887-1927），西班牙畫家，一九零六年移居巴黎，與畢加索共同開創立體派畫派，作品以拼貼畫和靜物油畫為主。

一個注定快要死的人

那天下午我在埃茲拉的工作室遇見歐內斯特·沃爾什[1]，他偕同兩個穿着水貂皮長大衣的姑娘，外面街上停着一輛從克拉里奇旅館租來的閃閃發亮的車身很長的汽車，有一名穿着制服的司機。兩個姑娘都是金髮女郎，她們和沃爾什同船渡海而來。輪船在上一天抵達，沃爾什領了她們一起來看望埃茲拉。

歐內斯特·沃爾什長得黑黑的，熱切而認真，無瑕可擊的愛爾蘭人氣質，富有詩人風度，但是像一部電影裏一個注定快要死的人物一樣清楚地顯出快要死去的神色。他正跟埃茲拉談着，而我和兩個姑娘談，她們問我是否讀過沃爾什先生的詩。我說沒有，其中一個姑娘便拿出一本綠色封面的哈麗特·蒙羅創辦的《詩刊》，把上面發表的沃爾什的詩給我看。

「他每一篇可得一千二百元，」她說。

「是每一首詩，」另一個姑娘說。

我記得當時我每一頁稿子可拿到十二元，從同一份雜誌，如果我投稿給他們的話。「他該是一個非常偉大的詩人，」我說。

「比埃迪·格斯特[2]所得的還多，」第一個姑娘告訴我。

「比另一個叫甚麼來着的詩人還多。你是知道的。」

「吉卜林[3]，」她的朋友說。
「比任何人得的都多，」第一個姑娘說。
「你們準備在巴黎待很久嗎？」我問她們。
「啊，不。實在不會久待。我們是跟一批朋友一起來的。」
「你知道，我們是乘這條船來的。船上其實一個名人也沒有。當然，沃爾什先生在這條船上。」
「他打牌嗎？」我問。
她用失望的但是理解的眼光[4]看着我。
「不。他用不着打牌。他能用那樣的方法寫詩，就用不着。」
「你們回去準備乘甚麼船？」
「唔，那得看情況怎樣來決定。要看是甚麼船，還得看其他許多情況才能決定。你準備回去嗎？」
「不。我在這裏混得還不錯。」
「這一帶多少是個窮區，是吧？」
「是的。不過還不錯。我在咖啡館裏寫作，還出去看賽馬。」

「你可以穿了這樣的衣服出去看賽馬嗎？[5]」

「不。這是我泡咖啡館的打扮。」

「這倒很逗，」其中一個姑娘說。「我很想觀光一下咖啡館生活。你想嗎，親愛的？」

「我想，」另一個姑娘說。我在通訊錄上留下了她們的姓名，答應去克拉里奇旅館看望她們。她們都是好姑娘，我向她們和沃爾什還有埃茲拉道了別。這時沃爾什還在和埃茲拉熱烈地交談着。

「別忘了，」那個身材較高的姑娘說。

「我哪能忘了？」我對她說，和她們兩人又握了握手。

此後我從埃茲拉那裏聽到沃爾什的消息是，他在幾位仰慕詩歌和那些注定就要死的年輕詩人的夫人幫助之下，從克拉里奇旅館的困境中脱身出來，再有一件事則是在這事過後不久，他從另一個來源獲得了資助，作為編輯之一，在這個地區着手跟人合辦一份新雜誌。

此時，《日晷》，一份由斯科菲爾德·塞耶編輯的美國文學雜誌，頒發一項年度獎金，我記得是一千元吧，以獎勵一位在文學創作上取得傑出成就的撰稿人。這筆獎金對那時任何一個正直的作家來說，都是一筆大數目，且不說由此帶來的聲望了，而這項獎金曾頒發給各種不同的人，自然都是當之無愧的。當時在歐洲，兩個人一天花五塊錢就能生活得很舒適美好，而且還能出外旅行。

這份季刊，沃爾什是編輯之一，據說在出齊第一年的四期時，將以一筆十分可觀的獎金授予被評為最佳作品的撰稿人。

這個消息是流言蜚語還是謠言，還是一個個人信心的問題，那就沒法說了。讓我們希望並始終相信這事在各方面都完全是正大光明的吧。對於和沃爾什合作的那位編輯也確實沒有甚麼可以非議或歸罪之處。

我聽到這個謠傳的獎金之後不久，沃爾什有一天邀我上聖米歇爾林蔭大道那一帶一家最好也最昂貴的餐館去吃午飯，吃過牡蠣之後——那是昂貴的扁形的微微帶點紫銅色的馬朗牡蠣[6]，不是那種常見的廉價的肥厚的葡萄牙牡蠣，加上一瓶微熏乾白葡萄酒，他小心翼翼地談起了這個問題。他看來是在哄騙我，就像他曾哄騙那兩個同船的同黨那樣——當然啦，如果她們真是他的同黨而他是哄騙了她們的話——當他問我是否想再來一打扁牡蠣，他是這樣叫它們的，我說我非常喜歡吃這種牡蠣。他不再費心向我流露出那副即將死去的神色，這使我感到寬慰。他知道我知道他患有肺癆，不是你用來哄騙別人的那種，而是你將因此而死去的那種，而且病已是那麼嚴重，他不用費心非得咳嗽不可了，我為他沒有在餐桌上咳嗽而內心感激。我不知道他是否像堪薩斯城的妓女們那樣吃這種扁牡蠣，她們是注定即將死去的人，簡直一身是病，因此老是巴望吞嚥精液，以為那是對付肺癆的頭等特效藥；但是我沒有問他。我開始吃第二打扁牡蠣，把它們從銀盤上鋪着的碎冰塊中揀出來，在它們上面擠上檸檬汁，注意觀看它們那柔嫩得令人難以置信的棕色蚌唇起了反應，蜷縮起來，把黏附在貝殼上的肌肉扯開，把蚌肉叉起，送到嘴裏小心咀嚼。

「埃茲拉是個偉大又偉大的詩人，」沃爾什說，一面用他那黑黑的詩人眼睛望着我。

「是啊，」我說。「而且是個傑出的人物。」

「高尚，」沃爾什說。「真的高尚。」我們靜靜地吃喝着，彷彿是在對埃茲拉的高尚品格致敬。我想念着埃茲拉，他要能在這裏該多好。他同樣也吃不起馬朗牡蠣。

「喬伊斯真了不起，」沃爾什說。「了不起。了不起。」

「了不起，」我說。「而且是很親密的朋友。」我們成為朋友是在他完成了《尤利西斯》以後和動筆寫一部我們有一段長時期稱之為「在寫作中的作品」之前那段奇妙的時期。我想起了喬伊斯，並回憶起許多事情。

「我希望他的眼睛能好轉一些，」沃爾什說。

「他也盼望如此，」我說。

「這是我們時代的悲劇，」沃爾什對我說。

「每個人都多少有點病痛吧，」我說，竭力想使這次午餐的氣氛歡快起來。

「你可沒有甚麼。」他向我流露出他的全部魅力，而且還不止這些，接着表示自己快要死了。

「你是說我沒有給打上死亡的標誌？」我問道。我忍不住這樣問他。

「對。你給打上了生命的標誌。」他把「生命」這個詞加上了重音。

「等着瞧吧，」我說。

他想來一客上好的牛排，要煎得半生的，我點了兩客腓力牛排外加貝亞恩蛋黃黃油調味汁。我估計其中的黃油會對他有好處。

「來一瓶紅葡萄酒怎麼樣？」他問道。飲料總管來了，我要了一瓶「教皇新堡」[7]。喝後我會沿着碼頭散步把醉意打消。他可以睡上一覺或者做他想做的事把醉意打消。我也可以在甚麼地方睡一覺，我想。

等我們吃了牛排和法式炸土豆條，並且把那瓶不是午餐酒的「教皇新堡」葡萄酒喝了三分之二，問題才給抖出來。

「不用繞圈子啦，」他說。「你知道你就要得獎了，知道不？」

「我嗎？」我說。「為甚麼？」

「你要得獎了，」他說。他開始談到我的作品，我就不再聽他説甚麼了。每當有人當着我的面談論我的作品都會使我感到噁心，我就凝視着他和他臉上那副注定快要死的神色，心想，你這個騙子，拿你的癆病來哄騙我。我曾看到過一營士兵倒在大路上的塵土裏，其中三分之一快要死去或者比這更倒霉，但他們臉上並沒有甚麼特別的標誌，可全將歸於塵土，而你跟你這副注定快要死的神色，你這個騙子，卻靠着你的即將死亡來維持生活。現在你想來哄騙我。別再騙人，你就不會受騙。死神並沒有在哄騙他。死亡確實行將來臨。

「我認為我沒資格受獎，歐內斯特，」我說，用我自己的名字（我恨這個名字）來稱呼他，我感到有趣。「何況，歐內斯特，這樣做也不合乎道德，歐內斯特。」

「真奇怪，我們兩個同名，是不是？」

「是啊，歐內斯特，」我說。「這是一個我們倆都必須不辜負的名字。你懂得我的意思，[8]是不，歐內斯特？」

「我懂，歐內斯特，」他說。他帶着憂鬱的愛爾蘭人風度給予我完全的理解，還展示了他的魅力。

所以，我對他和他的雜誌始終十分友好，在他第一次吐血並離開巴黎的時候，他請求我照看那一期雜誌的排印工作，因為印刷工人都不懂英文，我照辦了。我見過他有一次吐血，這是非常合乎情理的，我還知道他就快要死了，因我當時正處在生活中的一段艱辛時期，我對他特別的好，這使我感到欣慰，正如我叫他歐內斯特使我欣喜一樣。再說，我喜歡並欽佩與他合作的那位編輯。她沒有許諾授予我任何獎金。她只想辦成一份優秀的雜誌並給那些投稿者豐厚的稿酬。

很久以後，有一天我遇見喬伊斯，他獨自一人看了一場日戲，正沿着聖日耳曼林蔭大道走來，儘管他的眼睛看不清演員，還是喜歡聽他們唸台詞。他邀我一起去喝一杯，我們便去了雙獮猴咖啡館，要了乾雪利酒，儘管你經常讀到他只愛喝瑞士的白葡萄酒。

「沃爾什好嗎？」喬伊斯說。

「一個某某人活着就等於一個某某人死了，」我說。

「他許諾過授予你那年獎沒有？」喬伊斯問。

「許諾過。」

「我也這樣想過，」喬伊斯說。

「他許諾過要給你嗎？」

「是的，」喬伊斯說。過了一會兒他問，「你認為他對龐德許諾過嗎？」

「我不知道。」

「你最好別去問他，」喬伊斯說。我們就此打住。我告訴喬伊斯我在埃茲拉的工作室第一次見到他和那兩位身穿裘皮長大衣的姑娘的情景，喬伊斯聽到這個故事很高興。

註釋：

[1] 沃爾什（Ernest Walsh, 1895-1926）於一九二四年秋和海明威結識，在他和中年情婦埃塞爾·摩爾海德共同創辦的《本拉丁區》上發表海明威的《大雙心河》（一九二五）。一九二六年即死於肺癆。

[2] 埃德加（埃迪為愛稱）·格斯特（Edgar Guest, 1881-1959），英國出生的美國詩人，曾在《底特律自由報》上每天發表一首宣揚凡人的道德觀念的詩，得到各報廣泛的轉載，深受他稱之為「老鄉親」的讀者的喜愛。

[3] 吉卜林（Rudyard Kipling, 1865-1936），英國詩人，小說家，主要作品有《叢林之書》（*The Jungle Book*, 1895）兩卷和《吉姆》（*Kim*, 1901），為一九零七年諾貝爾文學獎獲得者。

[4] 這一段對話雙方都是話中有話。這兩個金髮女郎是當時所謂的「淘金者」（gold digger），盛裝打扮後出入交際場所、乘船旅遊以謀結識有錢人。她們在橫渡大西洋的郵船上勾搭上了沃爾什，聽他吹噓一首詩能得多少錢。海明威聽了心中有氣，才問他在船上打不打牌，因為這種場合常有些男騙子花言巧語地結交有錢人，借打撲克來騙錢的。姑娘聽了失望，但是理解，意為：你這人啊，身上穿得這麼寒酸，竟然出口傷人！

[5] 當時看賽馬是上流社會的社交活動，男的穿禮服，戴禮帽，女的盛裝打扮。

[6] 原名為 marennes，產於法國的馬朗，故名。

[7] 原名為 Châteauneuf-du-Pape，產於法國南部阿維尼翁附近的葡萄園，天主教教皇的教廷曾設於該城，該酒受到許多紅衣主教的歡迎。

[8] 歐內斯特（Ernest）源出德語中的 Ernst，意為「真誠、熱忱」。

埃文·希普曼在丁香園咖啡館

從我發現西爾維亞．比奇的圖書館那天起，我讀了屠格涅夫的全部作品，讀了已出版的果戈理作品的英譯本、康斯坦斯．加內特翻譯的托爾斯泰小說以及契訶夫作品的英譯本。我們來到巴黎以前，在多倫多有人跟我說過凱瑟琳．曼斯菲爾德是個優秀的短篇小說作家，甚至可說是個偉大的短篇小說作家，可是讀過契訶夫以後再試着去讀她，就像在聽一個年輕的老處女精心編造的故事了，而相比之下，另一位的作品卻是出於一個善於表達而洞察人生的內科醫生、同時是一位樸實無華的作家之手。曼斯菲爾德像一杯淡啤酒。還不如喝白開水的好。可是契訶夫不是白開水，除了像水一般明澈這一點。有一些短篇似乎就像是新聞報道。可是也有一些是絕妙的佳作。

陀思妥耶夫斯基的作品裏有些東西可信也有些不可信，但是有些作品寫得那麼真實，你讀着讀着會改變你；脆弱和瘋狂、邪惡和聖潔以及賭博的瘋狂性，都擺在那裏由你去了解，就像你在屠格涅夫的作品中了解那些如畫的風景和大路，在托爾斯泰的作品中了解部隊的調動、地形、軍官、士兵和戰鬥等等。托爾斯泰使斯蒂芬．克蘭那部寫美國內戰的作品[1]變得彷彿是出於一個從未經歷過戰爭、只讀過一些我曾在我祖父母屋子裏看過的戰役記錄和編年史並且看過那些布雷迪[2]拍攝的照片的患病小孩的才氣橫溢的想像而已。我在讀到司湯達的《巴馬修道院》之前，從未讀過有關戰爭的真實描述，除非是在托爾斯泰的作品裏，而司湯達關於滑鐵盧戰役的精彩的記述是這部頗為沉悶的小說中一個出乎意外的片段。發現了這個文學作品的新世界，在一個像巴黎這樣有很好的適於工作的生活方式的城市裏，不管你是多麼窮，你總有時間可以讀書，就像擁有了一個給予你的大寶庫。你出外旅行時，也能把你這寶藏帶在身邊，我們到了瑞士和意大利，住在山區，直到我們在奧地利的福拉爾貝格州高地上的山谷裏發現了施倫斯，那裏總是有許多書籍，這樣你就生活在你發現的這個新世界裏，那裏有雪、森林、冰川以及與之相關的種種冬天的問題，而在白天你待在那村子中鴿子旅館的高高庇護所中，到夜晚你可以生活在俄羅斯作家們給你的另一個奇妙的世界裏。起初是俄羅斯作家；接着是所有其他作家。但是很長一段時間讀的是俄羅斯作家。

我記得有一次我跟埃茲拉從阿拉戈林蔭大道的球場上打了網球一同走回家去，他邀我上他的工作室去喝一杯，路上我問他對陀思妥耶夫斯基到底是怎麼看的。

「老實告訴你，海姆，」埃茲拉說，「我還從沒讀過羅宋人的作品。」

這是一個直截了當的回答，而埃茲拉再沒有在口頭上給我任何其他說法，但是我感到非常難過，因為他正是我當時最喜愛最信任的評論家，他深信mot juste——就是說要使用唯一正確的詞兒——他教會我不要信賴使用形容詞，正如我後來學會在某些情況下不要信賴某些人那樣；而我正想聽聽他對一個幾乎從沒用過貼切的詞兒然而有時卻能做到別人幾乎無法做到的使他筆下的人物活靈活現的作家的意見。

「集中精力讀法國作品吧，」埃茲拉說。「你可以從那方面學到很多東西。」

「這我知道，」我說。「我可以從各方面學到很多東西。」

後來我從埃茲拉的工作室出來，沿着大街走回鋸木廠，從兩旁高樓夾道的大街望去，望到大街盡頭的空曠處，那裏可以看到有些光禿的樹木，後面遙遙可見比利埃舞廳的門面，就在寬闊的聖米歇爾林蔭大道的對面。我終於推開院門走進去，經過堆放着的新鋸好的木材，把我那放在夾子裏的網球拍擱在通向樓閣頂層的樓梯旁。我向樓上呼喊，但是沒有人在家。

「太太出去了，保姆跟寶寶也出去了，」鋸木廠老闆娘告訴我。她是個很難弄的女人，長得過份肥胖，一頭黃銅色的頭髮，我向她道了謝。

「有個年輕人來找過你，」她說，她用jeune homme（年輕人）而不用monsieur（先生）。「他說會在丁香園等你。」

「真是多謝你了，」我說。「要是我太太回家來，請告訴她我在丁香園。」

「她跟朋友們一起出去了，」老闆娘說，把紫色的晨衣裹住身子，趿着高跟拖鞋，走進她自己的領地的門洞，沒有隨手關門。

我在兩旁高聳着沾有條條點點污漬的刷過白粉的房屋的大街上向前走去，在開闊的向陽的街口向右轉彎，走進幽暗中有縷縷陽光的丁香園咖啡館。

那裏沒有我熟識的人，我便走到外面的平台上，發現埃文・希普曼[3]正在等我。他是一位很好的詩人，他懂得並且喜歡賽馬、寫作和繪畫。他站起身來，只見他身材高高的，臉色蒼白，兩頰瘦削，他的白襯衫領口很髒而且有些破損，領帶打得很端正，一身又舊又縐的灰色西服，他沾污的手指比頭髮還黑，指甲中有污穢，帶着可親的表示歉意的微笑，但不讓嘴張大，免得露出一口壞牙。

「很高興見到你，海姆，」他說。

「你好嗎，埃文？」我問他。

「有點兒沮喪，」他說。「不過我想我把那匹『馬捷帕』給鎮住了。你一向都好嗎？」

「我想是吧，」我說。「你去我家時，我正跟埃茲拉出外打網球去了。」

「埃茲拉好嗎？」

「很好。」

「我太高興了。海姆，你知道，我看你的住處那兒的房東太太不喜歡我。她不肯讓我上樓去等你。」

「我會跟她說的，」我說。

「別麻煩啦。我總是可以在這兒等你的。現在待在陽光下非常舒服，是不？」

「現在已是秋天了，」我說。「我看你穿得不夠暖和。」

「只有到了晚上才冷，」埃文說。「我會穿上大衣的。」

「你知道大衣在哪兒嗎？」

「不知道。不過準是在甚麼安全的地方。」

「你怎麼知道的？」

「因為我把那首詩留在大衣裏了。」他開心地笑起來，嘴唇抿緊遮住了牙齒。

「請陪我喝一杯威士忌吧，海姆。」

「行啊。」

「讓，」埃文站起來喚侍者。「請來兩杯威士忌。」

讓端來酒瓶和杯子以及兩隻標有十法郎字樣的小碟，還有蘇打水瓶。他不用量杯，徑直往杯裏注酒，直到超過了杯子容量的四分之三。讓喜歡埃文，每逢讓休息那天，埃文常常跟他一起到他在巴黎奧里昂門外蒙魯日鎮上的花園裏料理花木。

「你可別倒得太多了，」埃文對這個身材高大的老侍者說。

「這不過是兩杯威士忌，不是嗎？」侍者問道。

我們往杯裏加了水，埃文就說，「呷第一口要非常小心，海姆。喝得恰當，能讓我們喝一陣子哪。」

「你能照顧好自己嗎？」我問他。

「是啊，確實如此，海姆。我們談點別的吧，好嗎？」

在平台上就坐的沒有別人，而威士忌使我們兩人都感到身子暖和，儘管我穿的秋天衣服比埃文穿的好，因為我穿了一件圓領長袖運動衫作為內衣，然後穿上一件襯衫，襯衫外面套上一件藍色法國水手式的毛線衫。

「我弄不懂陀思妥耶夫斯基是怎麼搞的，」我說。「一個人寫得那麼壞，壞得令人無法置信，怎麼又能這樣深深地打動你呢？」

「不可能是譯文的問題，」埃文說。「她譯托爾斯泰就顯出原作寫得很精彩。」

「我知道。我記得有多少次我試着想讀《戰爭與和平》，最後才搞到了康斯坦斯．加內特的譯本。」

「人家說她的譯文還可以提高，」埃文說。「我確信一定能，儘管我不懂俄文，我們可都能讀譯本。不過它確乎是一部頂呱呱的小說，我看是最偉大的小說吧，你能一遍遍地反覆閱讀。」

「我知道，」我說。「可你無法一遍遍地讀陀思妥耶夫斯基。我有一次出外旅行，帶了《罪與罰》，等我們在施倫斯把帶去的書都讀完了，儘管沒有別的書了，我就是無法把《罪與罰》再讀一遍。我看奧地利報紙，學習德語，直到找到了幾本陶赫尼茨版的特羅洛普作品。」

「上帝保佑陶赫尼茨吧，」埃文說。威士忌已失去了火辣辣的效果，這時兑上了蘇打水，只給人以一種太烈的感覺。

「陀思妥耶夫斯基是個壞蛋，海姆，」埃文繼續說道。「他最擅長寫壞蛋和聖徒。他寫出了不少了不起的聖徒。可惜我們不想重看一遍他的作品。」

「我打算再看一遍《卡拉馬佐夫兄弟》。很可能我當初看得不對頭。」

「你可以把它的一部份再看一遍。它的大部份吧。不過這一來就會使你感到憤怒，不管這作品多麼偉大。」

「是啊，我們有幸能有機會第一次讀到它，也許還會有更好的譯本吧。」

「你可別讓這種想法誘惑你，海姆。」

「我不會。我只是試着看下去，在你不知不覺的情況下看進去，這樣你越看就越會發現它意味深長。」

「唔，我以讓的威士忌向你表示支持，」埃文説。

「他這樣做會碰到麻煩的，」我説。

「他已經碰到麻煩了，」埃文説。

「怎麼回事？」

「他們眼下正在更換資方，」埃文説。「新的老闆們想招徠一批願意花錢的新顧客，因此打算添設一個美國式的酒吧。侍者都要穿上白色上衣，海姆，並且命令他們思想上準備要剃去小鬍子。」

「他們不能對安德烈和讓這樣做。」

「他們應該是辦不到的，但他們還是會這樣幹的。」

「讓一向蓄着小鬍子。那是龍騎兵的小鬍子。他在騎兵團服役過。」

「他就要不得不把它剃掉了。」

我喝下了杯裏剩下的威士忌。

「再來一杯威士忌，先生？」讓問道。「希普曼先生，來一杯威士忌？」他那濃密的兩端下垂的小鬍子是他瘦削而和善的面孔的一個組成部份，光禿的頭頂在一綹綹平滑地橫貼在上面的頭髮下閃閃發亮。

「別這麼幹了，讓，」我說。「別冒險啦。」

「沒險可冒啊，」他對我們悄聲說。「現在一片混亂。很多人要辭職不幹了。就這樣吧，先生們，」他大聲說。他走進咖啡館，端了一瓶威士忌、兩隻大玻璃杯、兩隻標有十法郎的金邊碟子和一隻礦泉水瓶走出來。

「不要，讓，」我說。

他把玻璃杯放在碟子上，把威士忌斟了幾乎滿滿的兩杯，然後帶着剩有餘酒的瓶子回進咖啡館。埃文和我往杯子裏噴了一點礦泉水。

「陀思妥耶夫斯基不認識讓，真是一件幸事，」埃文說。「要不然他可能喝得醉死。」

「我們怎麼解決這兩大杯酒？」

「把它們喝了，」埃文說。「這是一種抗議。對抗僱主的直接行動。」

接下來的星期一早晨我去丁香園寫作，安德烈給我送來一杯牛肉汁，那是一杯兑了水的保衛爾牌濃縮牛肉汁。他長得矮小，金髮碧眼，原來蓄着粗短的上髭的嘴唇，現在光禿禿的像牧師的樣子。他穿着一件美國酒吧招待的白色上衣。

「讓在哪兒？」

「他不到明天不會來上班。」

「他怎麼樣？」

「要他搞通思想得花長一點的時間。整個大戰期間他都在一個配備重武器的騎兵團裏。他獲得了戰鬥十字勳章和軍功勳章。」

「我不知道他原來負過重傷。」

「不。他當然負過傷，可他得的是另一種軍功章。是嘉獎英勇行為的。」

「請轉告他我向他問好。」

「那當然，」安德烈說。「我希望他不用花太長時間就能自己搞通思想。」

「請你也向他轉達希普曼先生的問好。」

「希普曼先生正跟他在一起，」安德烈說。「他們在一起搞園藝工作呢。」

註釋：

[1] 指美國小說家斯蒂芬·克蘭（Stephen Crane, 1871-1900）的代表作《紅色英勇勳章》。他的確從未經歷過戰爭，但他把一個初次上戰場的士兵在戰火紛飛的環境中的反應寫得淋漓盡致，被譽為戰爭小說中的傑作。

[2] 布雷迪（Mathew B. Brady, c. 1823-1896），美國攝影師，早年專門拍攝包括美國總統的名人像，在美國內戰期間，僱用二十多名攝影師，分頭拍攝各戰區的實況。

[3] 希普曼（Evan Shipman, 1904-1957），美國作家，一九三三年曾在基威斯特島擔任過海明威大兒子約翰的家庭教師，在西班牙內戰中受過傷，後來在第二次世界大戰中任軍士。發表過一部詩集及一部寫賽馬的短篇小說集《可自由參加的競賽》（一九三五）。

一個邪惡的特工人員

埃茲拉離開鄉村聖母院路去拉巴洛前對我說的最後一句話是，「海姆，我要你保管好這瓶鴉片，要等鄧寧需要時才給他。」

那是一隻裝冷霜的大口瓶，我旋開蓋子一看，裏面的東西黑糊糊、黏稠稠的，有一股生鴉片煙的氣味。埃茲拉是從一個印度族長手裏買來的，他說，就在意大利人林蔭大道附近的歌劇院大街上，價錢很貴。我想，那準是從那歷史悠久的「小不點酒吧」來的，那是第一次世界大戰後逃兵和毒品販賣者們的聚集之所。小不點是個非常狹小的酒吧，門面上塗着紅色的油漆，在意大利人路上，不比一條過道寬多少。有一個時期，它曾有道後門通巴黎的下水道，從那兒據說能直通那些地下墓穴。鄧寧全名為拉爾夫·契弗·鄧寧[1]，是個詩人，他抽了鴉片能忘掉吃飯。他抽得過多時只願喝牛奶，他用三行詩節體[2]寫詩，這博得了埃茲拉的好感，並且看出了他詩作中的優點。他的住處和埃茲拉的工作室同在一個院子裏，而埃茲拉在離開巴黎前幾星期鄧寧瀕危之際曾叫我去幫助他。

「鄧寧快要死了，」埃茲拉的短簡上這樣寫着。「請立即前來。」

鄧寧躺在床墊上，看起來像一具骷髏，他無疑早晚會死於營養不足，但是我終於使埃茲拉相信很少有人會在用簡短的警句説話時死去，而且我從未聽説過有人在用三行詩節這種詩體說話時死去的，這我認為連但丁也做不到。埃茲拉說他不是在用三行詩節講話，我就說那或許只是聽起來像三行詩節，因為他派人把我叫去時我還沒睡醒。最後，陪了鄧寧一夜等待死亡來臨後，只好把這事交給一位醫生來處理了，於是鄧寧被送往一家私人診所去戒毒。埃茲拉保證代他付賬並徵集了一批我不認識的愛好鄧寧的詩歌的人來幫助他，只把在真正緊急關頭給鄧寧送去鴉片的任務留給了我。這是埃茲拉交給我的一項神聖職責，但願我能不辜負所託，決定甚麼時候才是真正的緊急關頭。有個星期日早晨，緊急關頭來了，埃茲拉寓所的看門人來到鋸木場，朝着樓上那扇敞開着的窗子，我這時正在窗前研究賽馬表，她高聲叫道："Monsieur Dunning est montésur le toit et refuse catégoriquement de descendre."[3]

鄧寧爬上了工作室的屋頂並斷然拒絕下來，這似乎的確是一個緊急關頭，我就找出了那瓶鴉片，陪那看門人順着大街走去，她是個身材矮小、熱情認真的女人，被眼前這情況弄得非常激動。

「先生帶了要用的東西嗎？」她問我。

「當然帶了，」我說。「不會有甚麼問題的。」

「龐德先生甚麼都想到了，」她說。「他真是仁慈的化身。」

「他的確是這樣，」我說。「所以我沒有一天不想念他。」

「但願鄧寧先生能通情達理。」

「我帶了能吸引他的東西，」我安她的心說。

我們趕到工作室所在的院子，看門女人說，「他已經下來了。」

「他一定知道我要來了，」我說。

我爬上通向鄧寧住處戶外的樓梯，敲了敲門。他開了門。他憔悴瘦削，但看上去卻出奇地高大。

「埃茲拉要我把這個帶給你，」我說，一面把瓶子遞給他。「他說你會知道那是甚麼。」

他接過瓶子瞧了一眼。接着便把瓶子朝我扔來。瓶子打在我胸前，也許是肩膀上吧，然後滾下樓去。

「你這狗娘養的，」他說。「你這雜種。」

「埃茲拉說你也許用得着，」我說。他扔來一隻牛奶瓶作為反擊。

「你確實用不着嗎？」我問道。

他又扔來一隻牛奶瓶。我只得退卻，他又把一隻牛奶瓶擊中我的後背。接着他便關上了門。

我撿起那鴉片瓶，瓶子僅僅稍微有些裂縫，我把它放進了口袋。

「他看來不想要龐德先生給他的這個禮物，」我對看門女人說。

「也許他現在會安靜下來，」她說。

「也許他自己身邊有一些吧，」我說。

「可憐的鄧寧先生，」她說。

最後，埃茲拉組織的那一批詩歌愛好者又一次聚集起來幫助鄧寧。我本人以及看門女人的干預結果並不成功。那隻據稱裝着鴉片的瓶子給摔裂了，我用蠟紙包好了，仔細地紮好，藏在我的一隻舊馬靴裏。幾年後，埃文·希普曼幫我從我那套公寓裏搬走我的私人物品時，那雙馬靴還在，但鴉片瓶卻不見了。我不明白為甚麼鄧寧朝我扔奶瓶，除非他想起了他第一次病危的那天夜晚我沒有表示輕信，要不，是否只是因為天生對我這個人厭惡。但是我記得「鄧寧先生爬上了屋頂並斷然拒絕下來」這句話使埃文·希普曼聽得很高興。他認為其中有幾分象徵的涵義。我可看不出來。也許鄧寧把我當成了一名邪惡的特工或者警察局的暗探了。我只知道埃茲拉一心想關心照應鄧寧就像他關心照應很多人一樣，而且我始終希望鄧寧真像埃茲拉所認為的那樣是一位優秀的詩人。拿一位詩人來說，他扔奶瓶倒扔得非常準。但是埃茲拉是一位非常偉大的詩人，並且打得一手好網球。埃文．希普曼是一位非常優秀的詩人，對他的詩是否能出版毫不介意，他認為這事應該一直是個謎。

「我們在生活裏需要更多的真正的謎，海姆，」有一次他對我這樣說。「完全沒有野心的作家與真正好的沒有發表的詩作是當前我們最缺乏的東西。當然，這裏存在着維持生計的問題。」

註釋：

[1] 鄧寧（Ralph Cheever Dunning, 1878-1930），美國詩人。二十年代中和在巴黎的美國文人為伍，沉默寡言，熱衷於創作傳統的格律詩，而不求發表。詩中表達心中的憂傷及人生的無常，終於流露出求死的慾望。最後死於肺癆和生活貧困。多虧龐德等文友的幫助，才能出版了幾種詩集。

[2] 三行詩節（terza rima），意大利的一種抑揚格五音步的詩體，每節三行，其第二行與下一節的第一、第三兩行押韻，如 aba，bcc，cdc 等。但丁的《神曲》即以三行詩節寫成。

[3] 法語：「鄧寧先生爬上了屋頂並斷然拒絕下來。」

我愛她，我並不愛任何別的女人，我們單獨在一起時度過的是美好的令人着迷的時光。我寫作很順利，我們一起作過幾次非常愉快的旅行，因此我認為我們又成為不可損害的伴侶了，但是等到我們在暮春時分離開山區回到了巴黎，另外的那件事重新開始了。

……

巴黎永遠沒有個完，每一個在巴黎住過的人的回憶與其他人的都不相同。我們總會回到那裏，不管我們是甚麼人，她怎麼變，也不管你到達那兒有多困難或者多容易，巴黎永遠是值得你去的，不管你帶給了她甚麼，你總會得到回報。不過這乃是我們還十分貧窮但也十分幸福的早年時代巴黎的情況。

——〈巴黎永遠沒有個完〉

司各特・菲茨傑拉德

他的才能像一隻粉蝶翅膀上的粉末構成的圖案那樣地自然。有一個時期，他對此並不比粉蝶所知更多，他也不知道這圖案是甚麼時候給擦掉或損壞的。後來他才意識到翅膀受了損傷，並了解它們的構造，於是學會了思索，他再也不會飛了，因為對飛翔的愛好已經消失，他只能回憶往昔毫不費力地飛翔的日子。

我初次遇見司各特·菲茨傑拉德就發生了一件非常奇怪的事。司各特碰上很多奇怪的事，但是這件事我永遠忘不掉。那天我正在德朗布爾路上的丁戈飯店的酒吧間，跟一些毫無價值的人坐在一起，這時他走了進來，作了自我介紹，並且介紹一位跟他一起來的身材高大、和藹可親的男人，就是那著名的棒球投手鄧克·查普林。我過去沒有關注過普林斯頓的棒球賽，因此從未聽到過鄧克·查普林的名字，但是他非常和藹、無憂無慮、從容不迫而且友好，跟司各特相比，我更喜歡他。

司各特當時看起來像個孩子，一張臉介於英俊和漂亮之間。他長着金色的波浪形鬈髮，高高的額角，一雙興奮而友好的眼睛，一張嘴唇很長、帶着愛爾蘭人風度的纖巧的嘴，如果長在姑娘臉上，會是一張美人的嘴。他的下巴造型很好，耳朵長得很好看，一隻漂亮的鼻子，幾乎可以說很美，沒有甚麼疤痕。這一切加起來原不會成為一張漂亮的臉，但是那漂亮卻來自色調，來自那非常悅目的金髮和那張嘴。那張嘴在你熟識他以前總使你煩惱，等你熟識了就更使你煩惱了。

我那時很想結識他，因此埋頭苦幹了一整天後，司各特．菲茨傑拉德居然會到這裏來，似乎使人感到非常奇妙，還有那位了不起的鄧克．查普林，我過去從未聽到過他的名字，可他現在成了我的好朋友。司各特一直講個不停，由於他講的話使我窘困——都是關於我的甚麼作品以及如何了不起等等——我便目不轉睛地盯着他看，只顧注意看而不去聽他說甚麼。我們那時仍舊遵從這樣的思想方法，認為當面恭維乃是公開的恥辱。司各特要了香檳酒，於是他和鄧克．查普林和我三人，我記得，跟一些毫無價值的人一起喝起來。我看鄧克或者我並不在仔細地聽他的演講，因為那不過是演講而已，而我一直在觀察司各特。他身體單薄，看起來情況不是非常好，他的臉微微有點虛胖。他穿的布羅克斯兄弟服裝公司的套裝很合身，他穿了一件領尖釘有飾扣的白襯衫，繫了一根格爾德公司的領帶。我想該告訴他我對這領帶的意見，也許吧，因為在巴黎的確有英國人，也許有一個會走進這丁戈酒吧間——眼前這裏就有兩個——可是再一想，去他的，算了吧，便又盯着他看了一會兒。後來才知道那根領帶原來是在羅馬買的。

我現在這樣盯着他瞧可並沒有了解到他多少情況，除了看出他模樣很好，兩隻手不太小，顯得很能幹，而當他在一張酒吧高腳凳上坐下的時候，我看出他的兩條腿很短。如果是正常的腿的話，他或許可以高出兩英寸。我們已經喝完了第一瓶香檳，開始喝第二瓶，他的話少起來了。

鄧克和我都開始感到這時甚至比喝香檳之前的感覺還要好些，而那演講總算停了，正是件好事。直到這時我才覺得我是一個多麼偉大的作家，但一直在我本人和我妻子之間小心地保守着這個秘密，只有對那些我們相知很深的人才談起這一點。關於我可能已達到這樣偉大的程度，司各特得出了同樣愉快的結論，使我很高興，但是他這篇演講快講不下去了，也使我感到高興。可是演講一停，提問的階段開始了。你可以專心觀察他而不去注意聽他說話，但是他的提問你卻迴避不了。我後來發現，司各特認為小說家可以通過直接向他的朋友或熟人提問來獲得他需要知道的東西。那些提問是直截了當的。

「歐內斯特，」他說。「我叫你歐內斯特，你不介意吧？」

「問鄧克吧，」我說。

「別犯傻啦。這是認真的。告訴我，你跟你妻子在你們結婚前在一起睡過嗎？」

「我不知道。」

「你不知道，這是甚麼意思？」

「我不記得了。」

「這樣一件重要的事你怎麼能不記得？」

「我不知道，」我說。「很奇怪，不是嗎？」

「比奇怪還糟，」司各特說。「你一定能記得起來的。」

「很抱歉。真遺憾，是不是？」

「別像甚麼英國佬講話吧，」他說。「放正經些，回憶一下吧。」

「不行，」我說。「毫無辦法了。」

「你可以老老實實努力回憶一下嘛。」

這番話聲調很高，我想。不知道他是不是對每個人都是這麼講的，但是我不這樣想，因為我曾注意到他說這番話時在冒汗。汗是從他修長的完美的愛爾蘭式上唇沁出來的，一滴滴很小的汗珠，那時我正把視線從他的臉上往下移，見他坐在酒吧高凳上往上提起了腿，我目測着這兩條腿的長短，後來我又回過來注視他的臉，正是在這時奇怪的事情發生了。

他坐在吧台前，擎着那杯香檳，臉上的皮膚似乎全部繃緊了起來，直到臉上原來的虛胖完全消失，接着越繃越緊，最後變得像一個骷髏頭了。兩眼凹陷，開始顯出死去的樣子，兩片嘴唇抿得緊緊的，臉上失去了血色，以致成為點過的蠟燭的顏色。這可不是我的憑空想像。他的臉變成了一個真正的骷髏頭，或者可以說成了一張死人的面模，就在我的眼前。

「司各特，」我說。「你沒事吧？」

他沒有回答，臉皮卻看上去繃得更緊了。

「我們最好把他送到急救站去，」我對鄧克·查普林說。

「不用。他沒事。」

「他看起來像快要死了。」

「不。他喝了酒就會這樣。」

我們把他扶進一輛計程車，我非常擔心，但鄧克說沒事，不用為他擔心。「很可能等一到家他就好了，」他說。

他準是到家就好的，因為幾天以後我在丁香園咖啡館遇見了他，我說我很抱歉，喝了那玩意兒把他醉成那樣，可能我們那天一面講話，一面喝得太快了。

「你說抱歉是甚麼意思？是甚麼玩意兒把我搞成那副樣子的？你在說些甚麼，歐內斯特？」

「我的意思是指那天晚上在丁戈酒吧間。」

「那天晚上我在丁戈沒有發甚麼病啊。我只是因為你們跟那些該死的英國佬在一起搞得我厭倦透了，才回家去的。」

「你在的時候根本沒有甚麼英國佬。只有那名酒吧侍者。」

「別故弄玄虛啦。你知道我指的是誰。」

「哦，」我說。他後來又到丁戈去過。要不，他另外有一次上那兒去過。不，我記起來了，當時是有兩個英國佬在那兒。這是真的。我記得他們是誰。他們的確在那兒。

「是的，」我說。「當然囉。」

「有個有假貴族頭銜的姑娘很無禮，還有那個跟她在一起的愚蠢的酒鬼。他們說是你的朋友。」

「他們是我的朋友。她有時候確實非常無禮。」

「你明白啦。所以用不着僅僅為了一個人喝了幾杯酒就故弄玄虛。你為甚麼要故弄玄虛?這類事情可不是我認為你會做的。」

「我不知道。」我想變換話題。接着我想起了一件事。「他們為了你的領帶才那麼無禮的嗎?」我問道。

「他們幹嗎要為了我的領帶無禮呢?我那天繫的是一條普通的黑色針織領帶,穿的是一件白色馬球衫。」

於是我認輸了,他就問我為甚麼喜歡這家咖啡館,我告訴他這家咖啡館過去的情況,他開始竭力喜歡它,於是我們坐在那裏,我是喜歡這家咖啡館,而他則是竭力設法喜歡它,他提了一些問題,告訴我關於一些作家、出版商、代理人和評論家以及喬治·霍勒斯·洛里默[1]的情況,還有做一個成功的作家會招來的流言蜚語以及經濟狀況等等,他冷嘲熱諷,怪有趣的,非常快活而且媚人和惹人喜愛,即使你對任何人變得惹人喜愛往往會持謹慎態度。他以輕蔑的口吻談到他所寫的每篇作品,但不帶一絲怨恨,我明白他那部新作一定非常出色,他才能不帶一絲怨恨談起過去的作品的缺點。他要我讀他的新作《了不起的蓋茨比》[2],一旦他從人家手裏討回了他最後也是僅有的一本,就可以給我看。聽他談起這本書,你絕對無法知道它有多麼出色，只看到他對此感到羞怯，這是所有謙虛的作家寫出了非常優秀的作品時都會流露的表情，因此我希望他很快討回這本書，這樣我就可以閱讀了。

司各特告訴我，他從馬克斯韋爾・珀金斯[3]那兒聽說這部書銷路不佳，但是得到了極好的評論。我不記得是在當天還是好久以後，他給我看一篇吉爾伯特・塞爾迪斯[4]寫的書評，寫得不能再好了。除非吉爾伯特・塞爾迪斯文筆更好，才能寫出比這更好的評論來。司各特對這部書銷路不好感到困惑，受了傷害，但是正如我所說的，那時他絲毫沒有怨恨，關於這部書的品質，他既害羞又高興。

這一天，我們坐在丁香園外面的平台上，看着暮色漸降，看着人行道上過往的行人和黃昏時分灰暗的光線在變化，我們喝了兩杯兑蘇打水的威士忌，在他身上沒有引起化學變化。我仔細觀察着，但是這種變化沒有出現，他沒有提出無恥的問題，沒有做出任何使人為難的事，也沒有發表長篇大論，舉止行為像個正常、明智而可愛的人。

他告訴我他跟他的妻子姍爾達因為氣候惡劣不得不把他們的那輛雷諾牌小汽車丟在里昂，他問我是否願意陪他一同乘火車去把那輛汽車領下然後同他一起把車子開回巴黎。菲茨傑拉德夫婦在離星形廣場不遠的蒂爾西特路十四號租了一個帶傢具的套間。這時已是暮春時節，我想鄉野正是一派大好風光，我們可以作一次極好的旅行。司各特似乎那麼友好，那麼通情達理，我已經注意到他喝了兩滿杯純威士忌，但甚麼事也沒有發生，看他那麼有魅力，表面看來神志正常，這使那天晚上在丁戈發生的事彷彿是一場不愉快的噩夢。所以我說願意陪他一起去里昂，那他想甚麼時候動身呢？

我們說好第二天碰頭，接着安排乘早晨始發去里昂的快車。這趟火車離開巴黎的時間很合適，行駛極快。據我回憶，中間僅在第戎停靠一次。我們打算進入里昂城，把汽車檢修一下，如果處於良好狀態，便美美地吃上一頓晚餐，第二天一早動身開回巴黎。

我對這次旅行頗為熱心。我將和一個比我年齡大的有成就的作家結伴同行，我們在車廂裏交談時，我肯定會學到許多有用的知識。現在回想起來很奇怪，我竟會把司各特認作是一個老作家，可當時由於我還沒有讀過《了不起的蓋茨比》，我認為他是一個年齡大得多的作家。我認為他三年前在《星期六晚郵報》上發表的那些短篇小說是值得一讀的，但我從來不認為他是個嚴肅作家。他曾在丁香園咖啡館告訴我他是怎樣寫出那些他自以為是很好的短篇小說的，它們對《郵報》來說也確實是好作品，此後他把這些短篇小說改寫成投寄給雜誌的稿件，完全懂得該如何運用訣竅把它們改成容易出手的雜誌故事。這使我震驚，我說我覺得這無異於賣淫，他說正是賣淫，可是他必須這樣做，他要先從雜誌賺到了錢才能進一步去寫像樣的作品。我說我不相信一個人可以愛怎樣寫就怎樣寫而不斷送他的才能，除非他盡力寫出他的最佳作品。他說，由於他一開始就寫出了真正有價值的短篇，臨了又把它們糟蹋了，改動了，這對他是不會有甚麼害處的。我不相信這一點，於是想說服他別這麼幹，但是我需要有一部長篇小說來支持我的信念，拿出來給他看，使他信服，可惜我還沒有寫出一部這樣的小說。因為我已着手打破原來的那一套寫作方式，摒棄一切技巧，竭力用塑造來代替描述，寫作便成了一種幹起來非常奇妙的事情。但是這樣做非常困難，我不知道究竟是否能寫出一部像長篇小說那樣的作品來。我寫一段就常常要勞作整整一個上午。

我的妻子哈德莉為我能作這次旅行感到高興，儘管她對已經讀過的司各特的作品並不認真對待。她心目中的好作家是亨利．詹姆斯[5]。但是她認為讓我放下工作休息一下，去作這次旅行倒是個好主意，雖然我們倆都希望能有足夠的錢買一輛汽車，自己出去這樣旅行。但是這樣的事我根本不知道能不能做到。我曾從博奈與利夫萊特出版公司為那年秋天在美國出版我的第一個短篇集接到了一筆兩百元的預支稿費，我眼下正把短篇小說賣給《法蘭克福日報》、柏林的《橫斷面》雜誌、巴黎的《本拉丁區》和《大西洋彼岸評論》，而我們的生活過得非常儉省，除了必需品以外決不亂花錢，為了能省下錢來七月裏去潘普洛納[6]參加那裏的節日，然後去馬德里，最後去巴倫西亞[7]參加節日。

在我們要從巴黎的里昂站動身的那天早晨，我到達時，時間還很充裕，就在上列車的站門口等候司各特來。他將把車票帶來。等到火車離站的時間逼近了，他卻還沒有來，我就買了一張可以進站的站台票，沿着列車旁邊走着找他。我沒有看到他，這時長長的列車快要啟動離站了，我便跳上火車，在車廂裏穿行，但願他已在車上了。這是一列很長的火車，但他沒有在車上。我向列車員說明了情況，買了一張二等票——這趟車沒有三等——並向列車員打聽里昂最好的旅館叫甚麼。這時沒有別的事情可做，只有到了第戎給司各特打電報告訴他里昂那家旅館的地址，說我會在那裏等他。他離家前不會接到電報，但是相信他的妻子會把電報轉給他的。那時我還從未聽到過一個成年人居然會錯過一趟火車，可是在這次旅行中我學到很多新鮮事。

在那些日子裏，我的脾氣很壞，性子很急，但是等列車穿過了蒙特羅城，我冷靜下來，不再怒氣沖沖，而是眺望並欣賞鄉野的景色了。到了中午，我在餐車中吃了一頓很好的午餐，喝了一瓶聖埃米利翁紅葡萄酒，想起我儘管是個大傻瓜接受邀請出門旅行，原該由別人破鈔，卻在花掉我們去西班牙所需的錢，結果這對我真是個很好的教訓。我從未接受過邀請出門作一次由別人付錢而不是分攤費用的旅行，而這一次我曾堅持由我們兩人分攤旅館和飲食的費用。可現在我連菲茨傑拉德是否會露面都不知道。我在生氣的時候曾把他從司各特降級到菲茨傑拉德。[8] 後來，使我感到高興的是我一開始就把怒氣發洩一空，也就不再生氣了。這可不是一次為容易生氣的人設計的旅行。

在里昂我獲悉司各特已離開巴黎前來里昂，但是沒有留下話來他眼下待在哪裏。我再次講明我目前的地址，女僕說如果他打電話來她會告訴他的。太太身體不適，尚未起床。我給所有有名的旅館都打了電話並留了話，但就是無法找到司各特的下落，後來我出門去一家咖啡館喝一杯開胃酒並看看報。在咖啡館裏我遇見一個以吞火謀生的人，他還會用一副沒牙的牙床骨咬住錢幣然後用拇指和食指把它扳彎。他露出牙齦給我看，那牙齦看上去在發炎，但還堅實，他說他幹的這行可是個不賴的行當。我請他喝一杯酒，他很高興。他有一張漂亮的黝黑的臉，在吞火時臉上閃爍發亮。他說在里昂吞火和用手指和牙床幹賣弄力氣的絕技都賺不到錢。假冒的吞火者毀壞了這行當的名聲，只要有甚麼地方容許他們表演，他們就會繼續毀壞這一行。他說他整個晚上一直在吞火，可是身上沒有足夠的錢讓他在這個晚上能吃上一點別的東西。我請他再喝一杯，把吞火時留下的汽油味沖掉，並說如果他知道哪裏有一家便宜的好地方我們可以一起吃頓晚餐。他說他知道有一處很好的地方。

我們在一家阿爾及利亞餐館吃了一頓非常便宜的晚餐，我喜歡那裏的吃食和阿爾及利亞葡萄酒。這吞火者是個好人，看他吃飯很有趣，因為就像大多數人能用牙齒咀嚼那樣，他能用牙齦咀嚼。他問我是靠甚麼維持生活的，我就告訴他眼下正開始以寫作為生。他問我寫哪種作品，我告訴他是短篇小說。他說他知道許多故事，有一些故事比任何有人寫出過的更恐怖更令人難以置信。他可以把這些故事講給我聽，由我把它們寫出來，要是賺到了錢，隨我看給多少合適就給多少。最好是我們一起上北非去，他會領我去藍色蘇丹[9]的國度，在那裏我能採集到人們從沒聽到過的故事。

我問他那是哪種故事，他說是關於戰役、處死、酷刑、強姦、駭人的風俗、令人無法置信的習俗、放蕩淫逸的行為等；只要是我需要的都有。這時到了我回到旅館去再一次查詢司各特的下落的時候了，所以我付了飯錢，說我們今後準會再見面的。他說他正向着馬賽一路賣藝，我就說我們遲早會在甚麼地方再見，這次一起吃飯感到十分愉快。我撇下他，讓他把那些弄彎的硬幣扳正，堆在桌子上，我便回旅館去。

里昂在夜晚不是一個使人感到十分愉快的城市。它是一座巨大的、凝重的、財富殷實的城市，如果你有錢，大概會感到很好並且喜歡這類城市的。多年來我一直聽人說起那裏餐館裏的雞極好，但是我們卻吃了羊肉。結果羊肉也其味甚佳。

旅館裏沒有接到來自司各特的消息，於是我在這家旅館使我不習慣的豪華舒適的氛圍中上了床，閱讀我從西爾維亞．比奇的圖書館裏借來的屠格涅夫的《獵人筆記》第一卷。我已經有三年沒有置身於一家豪華的大旅館之中了，我把窗戶都敞開，捲起枕頭塞在雙肩和頭頸下面，與屠格涅夫一起在俄羅斯遨遊，感到愜意，讀着讀着便進入了夢鄉。翌晨我正在刮臉準備出去吃早飯，服務台打電話來說有一位先生在樓下要見我。

「請他上樓來吧，」我說，一面繼續刮臉，並且諦聽着這座城市一大早就開始生氣勃勃地喧鬧起來的市聲。

司各特沒有上樓來，我在樓下賬台前和他見面。

「非常抱歉，事情搞得這樣一團糟，」他說。「要是我早知道你打算住哪家旅館，事情就簡單了。」

「沒關係，」我說。我們要駕車跑好長一程路，所以我只求相安無事。「你結果乘哪趟火車來的？」

「在你乘的那趟車後面不久的那一趟。車上非常舒適，我們原可以一起乘這趟車來的。」

「你吃過早飯了嗎？」

「還沒有。我在全城到處找你來着。」

「真遺憾，」我說。「你家裏沒人告訴你我在這裏嗎？」

「沒有。姍爾達身體不適，也許我本不該來。這次旅行到目前為止簡直是場災難。」

「我們去吃點早點，然後領了那輛車就開溜，」我說。

「很好。我們在這兒吃可好？」

「上咖啡館去吃會快些。」

「可我們準能在這兒吃上一頓好早餐的。」

「好吧。」

這是一頓豐盛的美國式早餐，有火腿有煎蛋，實在太美啦。但是等我們點了菜，菜來了，吃好了，再等着付賬，將近一個鐘點就過去了。直到侍者把賬單送來時，司各特才決定讓旅館給我們準備一份自帶午餐。我竭力勸他別這麼幹，因為我肯定我們能在馬空買到一瓶馬空葡萄酒，還可以在一家熟食店買些肉食做三明治。要不，如果我們經過時店舖已經打烊，在我們途中有的是餐館，我們可以停車就餐。但是他說我告訴過他里昂的雞妙不可言，那麼我們當然應該帶一隻走。因此旅館就給我們做了一頓午餐，價錢至多比我們自己到外面去買所花的錢高出四五倍罷了。

我碰到司各特之前，他顯然喝過酒，因為他看上去似乎還需要喝一杯，我便問他在我們出發前是否要上酒吧間去喝一杯。他告訴我說他不是一個習慣在早晨喝酒的人，還問我是不是。我對他說那全得看我當時感覺如何，以及我必須幹甚麼，他就說如果我感覺需要喝一杯，他願意奉陪，這樣我就不必孤零零一個人喝了。所以我們在酒吧間各喝了一杯兑畢雷礦泉水[10]的威士忌，一面等待旅館給我們做的午餐，我們倆都感到舒服多了。

儘管司各特願意承擔一切費用，我還是付了旅館客房和酒吧的賬。這次旅行開始以來，我在感情上覺得有點彆扭，我發現我能付錢的項目越多，就越感到舒暢。我正在把我們節省下來準備去西班牙的錢用光，但是我知道我在西爾維亞·比奇那裏享有很好的信譽，因此不管我現在怎樣揮霍，都可以向她借了過後償還。

在司各特存放汽車的車庫裏，我驚奇地發現那輛雷諾小汽車沒有頂篷。頂篷在汽車在馬賽卸下時損壞了，或者在馬賽多少損壞了，姍爾達便吩咐把頂篷截掉，不願意換上新的。他的妻子厭惡汽車頂篷，司各特曾告訴我，這樣他們就沒有頂篷一直把車子開到了里昂，在那裏他們被大雨所阻。除此以外，汽車狀況良好，司各特為洗車、加潤滑油等方面以及加兩公升汽油所需的費用討價還價後付了錢。汽車庫工人向我解釋說這汽車該換上新的活塞環，並且顯然是在沒有足夠的油和水的情況下行駛過。他指給我看車子是怎樣發熱並燒掉了發動機的塗漆的。他說要是我能說服先生到了巴黎換一個新的活塞環，這輛漂亮的小汽車就能按設計要求發揮效能了。

「先生不讓我裝上頂篷。」

「是嗎？」

「一個人對一輛車該負責啊。」

「是該這樣。」

「你們兩位先生都沒有帶雨衣嗎？」

「沒有，」我說。「我不知道這車沒有頂篷。」

「想辦法讓那位先生認真考慮一下吧，」他懇求地説。「至少要認真考慮這輛車子。」

「好，」我説。

我們在里昂以北大約一小時路程的地方為大雨所阻。

那一天，我們因遇雨而不得不停車可能有十次之多。大都是短暫的陣雨，也有幾次歷時較長。如果我們有雨衣的話，在這春雨中駕車該是夠愜意的。結果，我們尋找樹蔭躲雨或者在路邊停車進咖啡館。我們從里昂那家旅館帶來的冷餐非常出色：一隻絕妙的塊菌烤雞、可口的麵包和馬空白葡萄酒，我們每次停車躲雨喝馬空白葡萄酒時，司各特顯得非常快活。到了馬空，我又買了四瓶上好的葡萄酒，我們想喝時我就旋開瓶塞。

我不能肯定司各特以前是否就着瓶子喝過酒，這使他很興奮，彷彿他是在訪問貧民區，或者像一個姑娘第一次去游泳卻沒有穿泳裝那樣。但是到了晌午，他就開始擔心起自己的健康來了。他告訴我最近有兩個人死於肺部充血的事。這兩個人都死在意大利，使他為之深深感動。

我告訴他肺部充血是肺炎的舊名稱，他對我說我根本不知道這是怎麼回事，而且絕對地錯了。肺部充血是歐洲特有的一種疾病，即使我讀過我父親的那些醫書，也不可能對此有任何了解，因為那些書中論述的疾病純然是在美國才有的。我說我的父親也曾在歐洲唸過書。但是司各特解釋說，肺部充血只是最近幾年才在歐洲出現，我的父親不可能對此有任何了解。他還解釋說疾病在美國因地而異，如果我的父親在紐約而不是在中西部行醫，他就會熟悉一整套完全不同的疾病。他用了一整套這個詞兒。

我說關於某些疾病在美國的一部份地區流行而在別的地區沒有出現，他說得很有道理，我並且舉出麻風病發病率的數字在新奧爾良較高，而當時在芝加哥則較低為例加以證明。但是我還說醫生之間有一種互相交流學識和資訊的制度，他既然提出了這個問題，現在我倒想起曾在《美國醫學協會雜誌》上讀到過一篇論述歐洲肺部充血症的權威論文，把該病的歷史追溯到希波克拉底[11]的時代。這一來使他安靜了一會兒，我便勸他再喝一杯馬空葡萄酒，因為一種上好的白葡萄酒，儘管相當濃烈，酒精含量卻很低，幾乎是一種防治疾病的特效藥。

我這樣講了，司各特稍為歡快起來，可是不多一會兒又不行了，問我在我剛才告訴他的歐洲型真正的肺部充血症的徵兆發燒和神志昏迷突然出現之前，我們能否趕到一個大城市。我當時正把一篇從法國醫學雜誌上讀到的論述這種疾病的文章的內容翻譯給他聽，我告訴他那是我在納伊利的那家美國醫院等候做喉部燒灼手術時讀到的。燒灼手術這個詞對司各特起了一種撫慰的作用。但是他想知道甚麼時候我們能趕到城裏。我說如果我們兼程前進，我們將在二十五分鐘到一個小時內到達。

司各特接着問我是否害怕死去，我說有時更怕些，別的時候又不那麼怕。

這時雨真的下得大起來了，我們便在下一個村子的咖啡館裏躲雨。我記不清那天下午所有的詳細情況了，但是等我們終於住進一家旅館，那準是在索恩河上的夏龍，時間已經太晚，藥房都關門了。我們一到旅館，司各特就脫了衣服上了床。他說他不在乎因肺部充血而死去了。問題只在於由誰來照看姍爾達和小司各蒂。我不很清楚我能怎樣照看他們，因為我如今在照看我的妻子哈德莉和我幼小的兒子邦比已經夠吃苦受累了，但是我說我會盡力而為，司各特便向我表示感謝。我一定得當心別讓姍爾達喝酒，並且讓司各蒂有一位英國女家庭教師。

我們已經把淋濕的衣服送去烤乾，身上都穿着睡衣。外面還在下雨，但是在房間裏，電燈亮着，使人感到愉快。司各特躺在床上，養精蓄銳準備跟他的疾病作鬥爭。我曾把過他的脈，七十二跳，也摸過他的額角，額角是涼的。我聽了他的胸部，要他作深呼吸，他的胸部聽起來完全正常。

「聽着，司各特，」我說。「你的身體完全沒問題。如果你想做一件最好的事來避免感冒，那就在床上待着，我會給你和我各叫一杯檸檬水和一杯威士忌，你用你的飲料服一片阿司匹林，就會感到很舒服，連你腦袋瓜裏都不會着涼。」

「這些是老婆子們的治療法啊，」司各特說。

「你沒有一點熱度。真見鬼，沒有熱度怎麼會肺部充血呢？」

「你別詛咒我，」司各特說。「你怎麼知道我沒有熱度？」

「你的脈搏正常，而且摸上去沒有一點發燒的感覺。」

「摸上去，」司各特抱怨地說。「如果你是一個真正的朋友，給我弄一支體溫表來。」

「我身上穿着睡衣呢。」

「找人去弄一支來。」

我打鈴叫茶房。他沒有來，我再次打鈴，接着徑自順着走廊去找他。司各特正閉目躺着，慢慢地、小心地呼吸着，加上他那蠟黃的臉色和俊美的相貌，看上去活像是個死去的十字軍小騎士。我這時開始厭倦起文學生涯來了，如果說我現在過的就是文學生涯的話，而且我早已不惦記着寫作了，每當一天過去，你生命中又浪費了一天，我總感到死一般的寂寞。我對司各特，對這齣愚蠢的喜劇感到十分厭倦，但是我找到了茶房，便給他錢要他去買一支體溫表和一瓶阿司匹林，還要了兩杯生搾檸檬汁和兩杯雙份威士忌。我原想要一瓶威士忌，但他們只論杯賣。

回到房間，只見司各特仍舊躺着，好像躺在墓石上似的，像給自己立的一座紀念碑上的雕像，雙目緊閉，帶着一種可為人模範的尊嚴呼吸着。

聽見我走進房間，他開口了。「弄到體溫表了嗎？」

我走過去，伸出一隻手放在他的額角上。額角可不像墳墓那樣冷。但卻是陰涼的，並不是黏糊糊的。

「沒有，」我說。

「我以為你帶來了。」

「我讓人去買了。」

「這可不是一回事。」

「對。可不是，是不？」

你根本沒法對司各特發怒，就像你沒法對一個瘋子發怒一樣，但是我開始對自己生起氣來，因為給捲進了這樁大蠢事，自討苦吃。然而他自有道理，這我非常清楚。那時大多數的酒徒都死於肺炎，這種病現在幾乎已經絕跡了。但是要把他看作酒徒並不容易，因為他只受到那麼少量的酒精的影響。

那時在歐洲，我們認為葡萄酒是一種像食物一樣有益於健康的正常的飲料，也是能使人愉快、舒暢和喜悅的偉大的賜予者。喝葡萄酒不是一種講究派頭的行為，不是一種矯揉造作的標誌，也不是一種時尚；它和吃飯一樣自然，而且在我看來和吃飯一樣不可缺少，因此我無法想像吃一頓飯而不喝葡萄酒或者連一杯蘋果汁或啤酒都不喝。我甚麼葡萄酒都愛喝，除了甜的或帶點甜味的以及太烈性的葡萄酒，因此從沒想到一起喝幾瓶相當淡的馬空乾白葡萄酒竟會在司各特身上引起化學反應，把他變成了一個傻瓜。那天早晨我們喝過威士忌加畢雷礦泉水，但那時我對酒精的影響一無所知，無法想像一杯威士忌會對任何一個冒雨駕駛一輛敞篷汽車的人造成傷害。酒精該在很短時間內就氧化掉了。

在等候茶房把我要的各種東西送來時，我坐着看報，並把一瓶在最後一次停車時開了瓶的馬空葡萄酒喝光了。在法國，報紙上總有一些絕妙的犯罪行為的報道，你可以一天接一天地看下去。這些犯罪報道讀起來像連載的故事，由於沒有像美國的連載故事那樣附有前情梗概，你必須讀過那些開頭的章節才行，可是反正沒有一篇連載故事能與美國期刊上的媲美，除非你讀了那最最重要的第一章。當你在法國旅行的時候，能讀到的報紙總是使你感到失望，因為你看不到各種不同的犯罪案件、桃色新聞或者醜聞的連續報道，你也得不到原本在一家咖啡館裏讀這些新聞所能得到的很多樂趣。今晚我會更喜歡待在一家咖啡館裏，在那裏可以閱讀巴黎各報的早晨版，觀看周圍的人，在準備用晚餐之前喝一杯比馬空葡萄酒稍稍具有權威性的酒。但是我此刻正照看着司各特，所以只能隨遇而安、自得其樂了。

等那茶房送來了兩杯加冰塊的生榨檸檬汁、兩杯威士忌和一瓶畢雷礦泉水，他告訴我藥房已經關門，沒法弄到一支體溫表。他借到了幾片阿司匹林。我問他能不能設法借到一支體溫表。司各特睜開眼來，向茶房投去愛爾蘭人的惡毒的一眼。

「你告訴他情況有多嚴重嗎？」

「我想他是懂得的。」

「請你竭力把話說清楚。」

我想法把情況給他說清楚，茶房就說，「我會盡力弄一支來的。」

「你讓他去辦事給了他足夠的小費沒有？他們得了小費才辦事。」

「這我倒不知道，」我說。「我原以為旅館額外給他們報酬的。」

「我的意思是他們只有拿了豐厚的小費才肯給你辦事。他們大都已經完全墮落了。」

我想起埃文．希普曼，想起在丁香園咖啡館的那名招待，當人家在丁香園改建美國式酒吧時，硬逼他剃去了唇髭，還想起在我結識司各特以前好久埃文怎樣去和那招待在蒙魯日的花園裏搞園藝活，我們大家是那樣的好朋友，在丁香園咖啡館待過很長一段時期，還想起我們在那裏採取的一切行動以及這一切對我們大家所含有的意義。我想到要把這丁香園的整個問題告訴司各特，儘管我可能曾經在他面前提起過，但是我知道他並不關心這些招待，也不關心他們的問題或者他們的超乎尋常的好意和感情。那時司各特厭恨法國人，而由於他經常接觸的法國人幾乎只是些他並不了解的招待、計程車司機、車庫僱工和房東等等，他要侮辱和謾罵他們有的是機會。

他恨意大利人甚至比恨法國人更甚，即使在沒有喝醉的時候也不能平靜地談到他們。對英國人他也經常表示厭恨，但有時又能容忍他們，時或還尊敬他們。我不知道他對德國人和奧地利人怎麼看。我不知道他那時是否曾接觸過任何德國人和奧地利人或者任何瑞士人。

這天晚上在旅館，他顯得非常平靜，這使我高興。我把檸檬汁和威士忌混在一起，和兩片阿司匹林一起遞給他，他沒有反對便把阿司匹林吞下了，態度平靜得叫人敬佩，接着便呷起酒來。這時他的眼睛張開了，正望着遠處。我在讀報紙中間幾頁上的犯罪報道，感到十分愜意，似乎太愜意了。

「你是個冷酷的人，是不是？」司各特問，我看了他一眼，明白我的處方錯了，如果錯不在我的診斷的話，還明白威士忌在跟我們作對了。

「你這是甚麼意思，司各特？」

「你居然能坐在那裏讀一張一文不值的法國報紙，而我快要死了在你看來卻算不了一回事。」

「你要我去請個醫生來嗎？」

「不。我可不要法國外省的卑劣的醫生。」

「那你要甚麼？」

「我要量體溫。然後把我的衣服烤乾，我們乘上一趟回巴黎的快車，住進巴黎近郊納伊利的那家美國醫院。」

「我們的衣服不到明天早晨不會乾，再說現在也沒有甚麼快車了，」我說。「幹嗎你不好好休息，在床上吃點晚飯呢？」

「我要量體溫。」

在這以後，過了很長一段時間，茶房才拿來了一支體溫表。

「難道你只能弄到這樣一支嗎？」我問道。茶房進來時，司各特原先閉着眼睛，那神情看起來至少像茶花女那樣瀕臨死亡的樣子。我從沒見過一個人臉上的血色消失得這麼快，我不知道血都跑到哪兒去了。

「全旅館就只有這麼一支，」茶房說着，把體溫表遞給我。那是一支量浴缸洗澡水的溫度計，安在一塊木板上，裝有足夠使溫度計沉入浴水中的金屬底座。我很快喝了一口兑過酸汁的威士忌，打開一會兒窗子看外面的雨。我轉過身來時，司各特正盯着我看。

我像個專業醫務工作者那樣把溫度計的水銀柱甩下去，一面說，「你運氣真好，這不是一支肛門表。」

「這一種該往哪兒擱？」

「擱在腋下，」我說，並把它夾在自己的腋下。

「別把上面指着的溫度搞亂了，」司各特說。我把它又朝下猛甩了一下，便解開他睡衣上衣的紐扣，把這支表插在他的腋窩裏，同時摸摸他的冷額角，然後又給他診了脈。他眼睛直愣愣地望着前面。他的脈搏是七十二跳。我把溫度計在他腋窩裏放了四分鐘。

「我以為人家是只放一分鐘的，」司各特說。

「這是支大溫度計，」我解釋說，「你得乘上這溫度計大小的平方。這是支攝氏表。」

最後我取出溫度計，把它拿到枱燈下。

「多少度？」

「三十七度又十分之六分。」

「正常的體溫是多少？」

「這就是正常的體溫嘛。」

「你肯定嗎？」

「當然。」

「你自己量量看。我一定要搞明確。」

我把溫度計的度數甩下，解開自己的睡衣，把溫度計放在腋下夾住，一面注視手錶。然後我看溫度計。

「多少度？」我仔細察看着。

「完全一樣。」

「你感覺怎樣？」

「好極了，」我說。我在回想三十七度六是否真的是正常。這沒關係，因為這溫度計始終穩定地停留在三十度上。

司各特還是有點懷疑，所以我問他要不要我來再給他量一次。

「不要了，」他說。「我們可以高興了，事情這麼快就解決了。我一向有極強的恢復能力。」

「你身體好了，」我說。「可我認為你還是不要起床，吃一頓清淡些的晚餐，然後我們明天一大早就動身。」我原打算給我們倆去買兩件雨衣，不過為此我就得向他借錢，可現在我不想為這件事開始爭論。

司各特不想留在床上。他要起來，穿好衣服下樓去給姍爾達打電話，這樣她可以知道他平安無事。

「她為甚麼會認為你身體欠佳呢？」

「自從我們結婚以來，這還是第一夜我沒有跟她睡在一起，所以我必須跟她談談。你能明白這對我們倆意味着甚麼，是不？」

我能明白，但是我不明白他跟姍爾達在剛剛過去的那一夜怎麼能睡在一起；不過這是沒有甚麼可以爭論的。這時司各特把加酸汁的威士忌一口氣喝了下去，要我再去要一杯。我找到那茶房，把溫度計還給他，問他我們的衣服烤乾了沒有。他認為可能一小時左右就會乾吧。「讓服務人員把衣服熨燙一下，這樣容易乾些。即使不乾透也不礙事。」

茶房送來兩杯預防感冒的加酸汁的威士忌，我呷着我的那杯，勸司各特喝得慢一些。我擔心他會得感冒，當時我明白了，要是他確實患上了糟糕的感冒，可能就必須住院了。但是那杯酒使他一時感覺十分愜意，對這次姍爾達和他結婚以來第一夜分居兩處的災難性的含意也不覺得不快了。最後他再也忍不住不給她打電話了，便穿上晨衣，下樓去撥通電話。

打電話要花一些時間，等他上樓來後不久，茶房又送來兩杯加酸汁的雙份威士忌。這是到那時為止我所見過的司各特喝得最多的一次，但是這幾杯酒只使他生氣勃勃，喜歡講話，別無其他不良效果，於是他開始告訴我他和姍爾達共同生活的簡略的經過。他告訴我怎樣在大戰期間第一次遇見她，接着失去她又重新把她贏了回來，談到他們的結婚，接着談到大約一年前在聖拉斐爾[12]發生的一段悲慘的事。他親口告訴我這事的第一種說法是姍爾達跟一個法國海軍飛行員愛上了，這確實是一則悲哀的故事，我相信這是一則真實的故事。後來他又告訴我這件事的另外幾種說法，彷彿要考慮把這些說法寫進小說中去，但是沒有比第一種說法那樣使人感到痛苦的，因此我始終相信第一種說法，儘管其中任何一種都可能是真實的。這事講起來一次比一次更動人，但是都絕對不像第一種說法那樣使你感到傷痛。

司各特口頭表達能力很強，能把一個故事講得娓娓動聽。他不用把詞兒拼寫出來，也不必加標點符號，而你也沒有那種像讀一個沒有受過教育的人的未經改正就寄給你的信的感覺。我認識了他兩年之久，他才能拼寫出我的姓名；但要拼寫的是一個很長的姓名，而且或許變得越來越難拼寫，因此我為他最後能準確地拼寫出我的姓名而大加稱讚。他學會了拼寫一些更重要的詞語，並竭力把更多的詞語都想出個道理來。

可是今晚他要我知道、理解並欣賞在聖拉斐爾發生的到底是怎麼回事，而我看得非常清楚，甚至能看到那架單座水上飛機低飛掠過那供跳水用的木筏進行騷擾，看到那海水的顏色和那水上飛機的兩隻浮筒的形狀以及它們投下的影子，看到姍爾達曬黑的皮膚和司各特曬黑的皮膚，看到他們深色的金髮和淺色的金髮以及那個愛上了姍爾達的小夥子的曬得黑黑的臉。我腦子裏有個疑問，但是無法啟齒：如果這件事是真實的而且全都發生了，那麼司各特又怎麼能每夜都跟姍爾達睡在同一張床上呢？但是也許這正是使得這件事比那時任何人告訴過我的故事都更悲哀，而且，也可能他記不起了，就像記不起昨天晚上發生的事一樣。

電話尚未接通，我們的衣服就送來了。於是我們穿着好了，下樓去吃晚餐。這時司各特顯得走路有點兒不穩了，他帶着點兒好戰的目光從眼角斜視着人們。我們叫了非常鮮美的蝸牛，先喝一瓶長頸大肚的弗勒利乾紅葡萄酒，等我們把蝸牛吃了差不多一半，司各特的電話接通了。他去了大約一個鐘頭，最後我把他剩下的蝸牛也吃了，用碎麵包把黃油、蒜泥和歐芹醬全蘸來吃了，還喝光了那長頸大肚瓶的酒。等他回來了，我說我會再給他叫一些蝸牛來，他卻說不想吃了。他想來些普通的東西。他不想要牛排，不想要牛肝或熏豬肉，也不想要煎蛋餅。他想吃雞。我們中午已經吃過十分出色的冷雞，但這裏仍然是以美味的雞饗客的地區，所以我們要了布雷斯[13]式烤小母雞和一瓶蒙塔尼酒，那是這一帶地方出產的一種清淡可口的白葡萄酒。司各特吃得極少，只慢慢呷着一杯葡萄酒。他兩隻手捧着頭在桌邊昏了過去。這動作很自然，沒有一點演戲的樣子，甚至看起來似乎他很小心，沒有潑翻或者打碎甚麼東西。侍者和我扶他到他的房間，把他安放在床上，我脱下他的衣服，只剩下內衣，把衣服掛好，然後揭下床罩，蓋在他的身上。我打開窗子，看到外面天已放晴，便讓窗子開着。

我回到樓下，吃完晚餐，想着司各特。顯然他不該再喝甚麼酒了，是我沒有好好照料他。不論他喝甚麼，似乎對他都太刺激，接着便使他中毒，因此我打算下一天把酒類都減少到最低限度。我會跟他說我們這就要回巴黎了，我得節制一下以便從事寫作。其實並非如此。我平時的節制辦法是飯後決不喝酒，寫作前不喝，寫作時也不喝。我跑上樓去把所有的窗子都敞開，接着脱掉衣服，幾乎一上床便呼呼入睡了。

第二天是個明媚的日子，我們穿過科多爾省[14]駛向巴黎，雨後初晴，空氣清新，山巒、田野和葡萄園都煥然一新，司各特精神振奮，非常快活，而且顯得很健康，他給我講邁克爾·阿倫[15]每部作品的情節，他說邁克爾·阿倫是一位你必須注意而且你我都能從他那兒學到許多東西的作家。我說我沒法讀他的書。他說不必非讀不可。他會給我講書裏的情節並且把其中的人物描述給我聽。他給我講了一通邁克爾·阿倫，好像在宣讀一篇博士論文。

我問他在他跟姍爾達通話的時候，電話是否暢通，他說通話情況還不錯，他們談了很多事情。就餐的時候，我盡我所能選了一瓶最清淡的葡萄酒，並且對司各特說如果他不叫我再添酒，那他就幫了我一個大忙，因為在寫作之前我必須節制，不論在任何情況下喝酒不得超過半瓶。他跟我配合得好極了，看到我不安地望着那唯一的一瓶酒快喝光時，便把他那一份倒了一點給我。

我把他送到了家，隨即乘計程車回到我在鋸木廠的家裏，見到我的妻子真是欣喜萬分，我們就上丁香園咖啡館去喝酒。我們像兩個孩子分開了又相聚在一起那樣快樂，我告訴她這次旅行的情況。

「難道你就沒有碰到甚麼有趣的事或者了解到甚麼情況嗎，塔迪？」她問道。

「我會了解到一些關於邁克爾．阿倫的情況，如果我當時好好聽的話，我還了解到一些情況，但還沒有理出個頭緒來。」

「難道司各特一點也不快活嗎？」

「也許吧。」

「可憐的人。」

「我懂得了一件事情。」

「那是甚麼？」

「決不要同你並不愛的人一起出門旅行。」

「這敢情好。」

「是的。那我們去西班牙吧。」

「好啊。現在離我們動身不到六個星期了。今年我們可不能讓人把它給破壞了，是吧？」

「不能。去了潘普洛納以後，我們要去馬德里，然後去巴倫西亞。」

「唔—唔—唔—唔，」她輕柔地應着，像一隻貓似的。

「可憐的司各特，」我說。

「可憐的芸芸眾生，」哈德莉說。「這些個長了一身叢毛的貓兒卻一文不名。」

「我們非常幸運。」

「我們必須好好兒的保持這份幸運。」

我們倆都輕輕敲了敲咖啡館桌子的木邊，侍者跑過來問我們要點甚麼。但是我們所需要的，不是他也不是任何別的人或者敲敲桌子的木邊或大理石桌面（這家咖啡館的桌面正是大理石的）所能帶給我們的。不過那天晚上我們不知道這一點，我們只是感到非常快活。

這次旅行後過了一兩天，司各特給我送來了他那部小說。外面套着一張花哨的護封，我記得那咄咄逼人、俗氣不堪和滑溜溜的外觀曾使我感到彆扭。它看起來像一本蹩腳的科幻小說的護封。司各特叫我別對這護封反感，它跟長島一條公路邊的一塊廣告牌有關，而這在小說故事中極為重要。他說他原來很喜歡這個護封，現在可不喜歡了。我取下了護封才讀這本書。

我讀完了這本書，明白不論司各特幹甚麼，也不論他的行為表現如何，我應該知道那就像是生的一場病，我必須盡量對他有所幫助，盡量做個好朋友。他有許多很親密、很親密的朋友，比任何我認識的人都多。但是不管我是否能對他有所裨益，我願意加入其中，作為他的又一個朋友。既然他能寫出一部像《了不起的蓋茨比》這樣卓越的書，我堅信他準能寫出一部甚至更優秀的書來。我那時還不認識姍爾達，所以還不知道那些對他不利的可怕的條件。但是我們用不了多久就弄明白了。

註釋：

[1] 洛里默（George Horace Lorimer, 1867-1937），長期擔任《星期六晚郵報》編輯（一八九九至一九三六），使該刊銷數達每期三百萬份。

[2]《了不起的蓋茨比》（*The Great Gatsby*, 1925）是菲茨傑拉德的傑作，也是表現美國所謂「爵士時代」（第一次世界大戰之後的二十年代）的重要作品。

[3] 美國斯克里布納出版公司的編輯。為司各特的編輯，經司各特的介紹，後亦為海明威的編輯。

[4] 吉爾伯特·塞爾迪斯（Gilbert Seldes, 1893-1970）其時為《本拉丁區》雜誌的編輯。

[5] 亨利·詹姆斯（Henry James, 1843-1916），英國著名小說家，其代表作有《戴茜·密勒》和《一個婦人的肖像》等。

[6] 潘普洛納（Pamplona）為西班牙東北部一城市，每年七月初聖福明節期間舉行鬥牛賽。

[7] 巴倫西亞為西班牙東部的海濱城市。

[8] 美國習俗朋友間親切的稱呼是叫對方的教名，而生疏者則呼其姓氏。

[9] 蘇丹（Sultan）為伊斯蘭教國家統治者的稱呼，又譯素丹，以與蘇丹國區別。

[10] 畢雷礦泉水，法國南部產的一種冒泡的礦泉水，畢雷係商標名。

[11] 希波克拉底（Hippocrates, 460?-377? B.C.），古希臘醫生，有醫藥之父之稱。

[12] 聖拉斐爾為位於戛納西南的瀕地中海的一個小城。

[13] 布雷斯（Bresse）為法國東部一古地區名，位於里昂東面，以家禽菜餚著稱。

[14] 科多爾省位於巴黎的東南，屬勃艮第地區，盛產葡萄酒，首府為第戎。

[15] 邁克爾·阿倫（Michael Arlen, 1895-1956）為英國小說家，其作品以情節引人入勝著稱，代表作為《綠帽》（一九二四）。

鷹不與他人共享

司各特．菲茨傑拉德邀請我們去他在蒂爾西特路十四號租的那套帶傢具的公寓跟他的妻子姍爾達和小女兒一起午餐。那個套間是甚麼樣子我記不大清楚了，只記得房間陰暗而且不通風，除了司各特那幾部用淺藍色皮面裝訂、書名燙金的早期作品以外，似乎再沒有甚麼屬於他們的東西了。司各特還給我們看一大本分類賬簿，上面年復一年地列出他發表的全部短篇小說以及由此所得的稿費，還列出了所有出售版權拍成電影的所得，以及他那些單行本的銷售所得和版稅數額。這些都仔細地記了下來，像輪船上的航海日誌那樣，而司各特帶着一種並非出自個人感情的自豪把這些展示給我們兩人看，彷彿他是一所博物館的館長。司各特情緒緊張但好客，把他的收入的賬目給我們看，拿它們當作風景似的。然而那裏望不見風景。

姍爾達當時宿醒未消，情況很糟。頭天夜裏他們去蒙馬特爾參加晚會，並且吵過嘴，因為司各特不想喝醉。他告訴我，他決定要努力寫作，不喝酒了，可是姍爾達卻把他當作一個煞風景或掃人家興的人。這是她用來說他的兩個詞兒，他會反唇相譏，姍爾達就會說，「我沒有。我從來沒有這樣說過。這是不確鑿的，司各特。」事後她似乎想起了甚麼，便會哈哈大笑。

這一天姍爾達看來並不處於她的最佳狀態。她那頭美麗的偏深的金髮這一時被她在里昂做的糟糕的電燙破壞了，那時大雨迫使他們不得不把汽車留在那裏，而她的眼睛此時顯得疲憊，臉蛋繃得緊緊的、拉得長長的。

她對哈德莉和我表面上很和藹可親，但是顯得心不在焉，她的大部份身心似乎還在她那天早晨才離開的那個晚會上。她和司各特似乎都以為司各特和我從里昂回巴黎的這趟旅行玩得非常愉快，而她為此感到妒忌。

「你們兩個能跑出去一起過這樣快活之極的生活，那我就該在這兒巴黎跟我們幾個要好朋友找一點兒樂子，這似乎是天公地道的吧，」她對司各特說。

司各特是個無瑕可擊的主人，但我們吃的午飯卻糟透了，喝的葡萄酒總算使人提起了一點兒興致但是也不怎麼樣。那個小女孩金髮碧眼，臉蛋渾圓，體態勻稱，看上去十分健康，說的英語帶有濃重的倫敦土腔。司各特解釋說，她有一個英國保姆，因為他希望她長大了能像黛安娜·曼納斯夫人[1]那樣說話。

姍爾達有一雙鷹一樣的眼睛，嘴唇薄薄的，舉止和口音帶着南方腹地的色彩。你注視她的臉，能看出她的心思離開餐桌而去到那夜的晚會，接着又像一隻貓似的眼神茫然從宴會回來，隨後高興起來，那歡快的神情會沿着她嘴唇的細細的紋路展現出來，然後消失。司各特此時正當着友好而愉快的主人，而姍爾達凝視着他，看到他喝酒，便用她的眼睛和她的嘴巴微笑起來。我深深懂得這種微笑。這意味着她知道司各特這樣就不能握筆寫作了。

姍爾達妒忌司各特的作品，隨着我們跟他們熟識，我們看出，這種情況形成了一種經常不變的模式。司各特會決心不去參加那些通宵達旦的酒會，每天作些體育鍛煉，有規律地寫作。他會動筆寫作，可是只要他寫得很順利，姍爾達就會開始抱怨多麼無聊，又拉他去參加一個鬧酒的聚會。他們會吵嘴，然後又和好，而他會跟我一起長途散步，出一身汗使酒性發散，並且下定決心說這回他可要真正的幹一場了，而且準會有個好的開端。然而，接着一切又會重新來過。

司各特非常愛戀姍爾達，他非常妒忌她。在我們倆散步的時候，他好多次告訴我她是怎樣愛上那個法國海軍飛行員的。但她此後沒有再愛上另一個男人來使他真正感到妒忌。今年春天，她交上一些別的女人，使他感到妒忌，在蒙馬特爾的那些酒會上，他怕自己喝得昏迷過去，也怕她喝得昏迷過去。他們喝酒一向把喝得人事不省當作保護自己的最好的防衛手段。他們喝了一點烈酒或者香檳就會睡去，其實這對於一個習慣喝酒的人是不會有甚麼影響的，可他們就會像孩子一樣睡着了。我曾見過他們失去知覺，好像並不是喝醉了，而是上了麻醉似的，於是他們的朋友們，或者有時是一個計程車司機，會把他們扶到床上去，等他們醒來時，他們會顯得容光煥發而興高采烈，因為在失去知覺前並沒有喝下足以損害他們身體的烈酒。

如今他們已喪失了這種天然的防衛手段。這時姍爾達的酒量比司各特大，因此司各特生怕她會在他們這年春天結識的朋友們面前和他們所去的地方昏倒。司各特不喜歡那些地方，也不喜歡那些人，可他得喝下比他所能喝的更多的酒，還得多少控制住自己，容忍那些人和那些地方，接着又不得不繼續喝下去，在往常會昏倒之前保持清醒。最後他根本沒有多少間歇寫作了。

他總是試圖寫作。每一天他都試圖動筆但都失敗了。他把失敗歸咎於巴黎，這其實是組織得最適宜於一個作家在其中進行寫作的地方，可是他總以為會有一個地方，在那裏他跟姍爾達能重新在一起愉快地生活。他想到了里維埃拉[2]，當時那裏還沒有完全興建，有的是可愛的連綿的藍海和沙灘，一片片松林，還有埃斯特雷爾地區的山脈一直伸入大海。他記得里維埃拉就是這個樣子，當時他和姍爾達第一次發現它時，還沒有人在夏天去那裏避暑呢。

司各特同我談起里維埃拉，說我的妻子和我在下一個夏天該上那裏去，說我們怎樣去到那裏，他會給我們找個價錢不貴的住處，我們倆就能每天努力寫作，游泳，躺在沙灘上，把身子曬黑，午餐之前只喝一杯開胃酒，晚餐之前也只喝一杯。姍爾達會在那裏感到快活，他說。她喜愛游水，是個出色的潛泳者，她對那種生活感到快活，因此會要他進行寫作，而一切都會安排得有條不紊。他和姍爾達和他們的女兒那年夏天就準備上那兒去。

我竭力勸他盡自己所能寫好他的那些短篇小說，不要搞甚麼花招去迎合任何一種俗套，因為他向我解釋過他這樣幹過。

「你已經寫出了一部好小說，」我對他說。「你不該寫糟粕。」

「那部小說銷路不好，」他說。「我必須寫短篇小說，而且必須是能暢銷的短篇小說。」

「盡你的能力寫出最好的短篇小說來，盡你的能力直截了當地寫。」

「我準備這樣寫，」他說。

但是就事情發展的趨勢而言，他能寫出點東西來就算萬幸了。姍爾達對那些追求她的人並不表示鼓勵，她跟他們毫不相干，她說。可是這事使她覺得有趣，這就使司各特妒忌起來，就只得陪她一起去那些地方。這損害了他的寫作，而她最妒忌的正是他的寫作。

整個暮春和初夏司各特為寫作而作着鬥爭，但是他只能斷斷續續地寫一點。我每次見到他，他總是心情愉快，有時更是極端的愉快，他開着令人解頤的玩笑，是個很好的夥伴。在他日子非常不好過的時候，我聽他談到那些事情，竭力讓他明白，正如他是為寫作而生的，只要他自己能堅持不懈，就能寫出作品來，而只有死亡才是無法挽回的。這時他就拿自己打趣，而只要他能這樣做，我相信他會平安無事的。通過了這一切期待和努力，他寫出了一篇優秀的短篇小說，《闊少爺》，我堅信他能寫得比這更好，後來果然做到了。

那年夏天我們在西班牙，我動手寫一部長篇小說的初稿，九月回到巴黎後完稿。司各特和姍爾達一直待在昂蒂布角[3]，那年秋天我在巴黎見到他時，他大大變了樣。他在里維埃拉沒有做到使自己清醒起來，而如今每天夜晚和白天都喝得醉醺醺的。對他來說，有沒有人在寫作已經不再有甚麼區別了，而且無論在白天或是夜晚，不管甚麼時候，只要他喝醉了，就會到鄉村聖母院路一百一十三號[4]去。他開始以非常粗魯的態度對待地位比他低的人或者任何他認為比他低的人。

有一次他帶着他的小女兒從鋸木廠的院門走進來——那天是那個英國保姆的休假日，司各特在照料這孩子——走到樓梯口，她說她要上洗澡間去。司各特動手給她脫衣服，那房東住在我們下面一層樓，這時走了進來，說，「先生，在您前面樓梯的左邊就有一個盥洗室。」

「着啊，如果你不多加小心，我會把你的腦袋也塞進馬桶裏去，」司各特對他說。

那年整個秋天他都顯得非常難於相處，但是當他沒有喝醉的時候，他開始寫一部長篇小說。我難得看到他神志清醒，但只要他沒有喝醉，他就總是那麼和藹可親，還是喜歡開玩笑，有時候還是拿自己開玩笑。然而一旦喝醉了，他就常常會跑來找我，醉醺醺的，幾乎跟姍爾達干擾他的工作時從中獲得很大的樂趣一樣，以干擾我的工作為樂。這種情況持續了好多年，但是同樣有好多年，我沒有比清醒時的司各特更忠誠的朋友。

一九二五年秋季，他因為我不願把《太陽照常升起》第一稿的手稿給他看而着惱。我向他解釋，我還沒有把它通讀一遍並進行修改以前，這初稿算不上甚麼，再說我不想跟任何人討論這部初稿，也不想事先給任何人看。只等奧地利福拉爾貝格州的施倫斯一下雪，我們便上那兒去。

我是在那兒修改原稿的前半部，而在翌年一月完稿的，我記得。我把稿子帶到紐約，給斯克里布納出版公司的馬克斯韋爾．珀金斯過了目，然後回到施倫斯完成全書的修改。司各特直到四月底全部經過修改和刪削的原稿送往斯克里布納出版公司後才見到這部小說。我記得曾以此與司各特開過玩笑，而他像每幹成一件事後那樣總要心煩並且急於插手幫助。但我在修改期間不想要他的幫助。

當我們待在福拉爾貝格州、我正快完成修改這部長篇小說時，司各特和他的妻子、孩子離開了巴黎前往下比利牛斯山的一個礦泉療養地。姍爾達病了，因為喝了過多的香檳而引起常見的腸道不適，當時被診斷為結腸炎。司各特沒有喝酒，開始寫作了，他要我們在六月份去朱安萊潘[5]。他們會給我們找一座租金不貴的別墅，這一回他不會酗酒了，而會像往昔的好日子裏那樣，我們可以一起游泳，保持身體健康，皮膚曬得黑黑的，午餐前喝一杯開胃酒，晚餐前也喝一杯。姍爾達身體復原了，他們倆都很好，他那部小說進行得順利極了。《了不起的蓋茨比》改編成話劇上演，賣座不錯，他由此拿到了一筆錢，還會賣給電影製片廠，所以他無憂無慮。姍爾達確實好了，一切都將井然有序。

我在五月裏獨自一人南下去了馬德里進行寫作，後來從巴榮納[6]乘三等車去朱安萊潘，當時餓得慌，因為愚蠢地把錢都花光了，最後一頓還是在法蘭西和西班牙國境線上的昂代[7]吃的。那是一所很優美的別墅，司各特則在距離不遠的地方租了一所非常出色的房子，我看到我的妻子把別墅收拾得很漂亮，心裏很快活，還有我們的那些朋友、午餐前的那一杯開胃酒也好極了，我們有時多喝幾杯。那天晚上在娛樂場專為歡迎我們舉行了一次宴會，只是個小型的宴會，有麥克利什[8]夫婦、墨菲[9]夫婦、菲茨傑拉德夫婦以及住在別墅的我們。沒有人喝比香檳更烈的酒，氣氛非常歡快，這裏顯然是個適宜寫作的好地方。一個人進行寫作所需要的一切全都有了，只是缺少一個人待着的機會。

姍爾達非常美，曬了一身很好看的金黃色，她的頭髮是一種很美的深金色，而且她待人非常友好。她的鷹般的眼睛清澈而平靜。我知道她一切都好而且結果會十分良好，但是她向我俯過身來，告訴我她的最大的秘密，「歐內斯特，你不認為埃爾·喬生[10]比基督還偉大嗎？」

當時誰也沒有拿這當一回事。這不過是姍爾達與我分享的秘密而已，就像一頭鷹會與人分享甚麼東西那樣。但鷹是不與人共享的。司各特在發覺姍爾達精神錯亂之前沒有再寫出甚麼好的作品來。

註釋：

[1] 黛安娜·曼納斯（Diana Manners，生於一八九二年）美國女演員，拉特蘭公爵七世的孫女，英國政治家和外交官阿爾弗雷德·特夫·古柏的夫人；曾在奧地利導演馬克斯·賴恩哈特（一八七三至一九四三）在美國上演的《奇蹟》中扮演聖母一角。

[2] 里維埃拉（Riviera）為法國東南部和意大利西北部沿地中海的那一帶海岸，氣候溫和，風景優美，多旅遊勝地。

[3] 昂蒂布角位於法國東南部地中海海岸大城市戛納之東，為昂蒂布城南那個小半島的南端。

[4] 就是埃茲拉·龐德的工作室所在地。

[5] 朱安萊潘位於昂蒂布角的小半島上。

[6] 巴榮納（Bayonne）為法國西南端近西班牙的一個瀕巴斯開灣的城市。

[7] 昂代（Hendaye）在巴榮納西南。

[8] 麥克利什（Archibald MacLeish, 1892-1982），美國詩人，一九二三至一九二八年在巴黎，與僑居巴黎的美國作家們交遊，早期詩風與艾略特和龐德相近。後來曾任國會圖書館長及助理國務卿。

[9] 傑拉爾德·墨菲（Gerald Murphy, 1888-1964）和妻子薩拉在二十年代中在巴黎過着豪華的生活，

一九二五年十月由菲茨傑拉德介紹給海明威，第二年同去施倫斯滑雪，去潘普洛納看鬥牛。他們昂蒂布角有別墅，和海明威夫婦過往甚密。

[10] 埃爾·喬生（Al Jolson, 1886-1950），俄裔美國歌星，在百老匯主演許多部音樂劇，常扮成黑人上台，熱情奔放地演唱感人的溫馨歌曲，受到熱烈歡迎。一九二七年主演第一部有聲片《爵士歌王》，紅極一時。此處海明威暗示姍爾達這樣問顯得不大正常。她後來終於精神錯亂。

一個尺寸大小的問題

此後很久，在姍爾達發生當時稱之為第一次精神崩潰以後的那段時間裏，我們碰巧同時都在巴黎，司各特就約我在雅各布路和教皇路拐角的米肖餐廳和他一起共進午餐。他說有些很重要的事要向我請教，而此事的重要意義對他來說超過了世界上任何事情，因此我必須絕對真實地回答。我說我將盡力而為。每當他要我絕對真實地告訴他甚麼事的時候，這事總是很棘手的，我便試着給他解釋，但是我說的話都會使他生氣，這種情況往往不是在我說的時候，而是在事後，有時候是隔了很長時間，在他苦苦思考之後。我的話就會變成一種必須加以摧毀的東西，並且有時該連同我一起加以摧毀，如果可能的話。

他在午飯時喝了葡萄酒，但這並不影響他，而且他沒有打算先喝了酒才吃飯。我們談論我們的創作，談起一些人，他還問我那些我們最近沒有見到的人的情況。我知道他正在寫一部很精彩的作品，並且知道由於種種原因他遇到了極大的困難，但這並不是他想要談論的問題。我一直在等待他啟口，提出那個我必須絕對真實地回答他的問題；但是他不願在這頓午餐結束前把問題提出來，彷彿我們在舉行一次工作午餐似的。

最後在我們吃着櫻桃小餡餅、喝着最後一瓶葡萄酒時，他說，「你知道，除了跟姍爾達以外，我從沒跟任何女人睡過。」

「不，我不知道。」

「我以為曾告訴過你。」

「沒有。你告訴過我很多事情，可就是沒有講過這個。」

「這正是我得向你請教的問題。」

「行。講下去吧。」

「姍爾達說像我生來這樣的人決不能博得任何一個女人的歡心，說這就是使她心煩的根源。她說這是一個尺寸大小的問題。自從她說了這話，我的感覺就截然不同了，所以我必須知道真實情況。」

「上辦公室去談吧，」我說。

「辦公室在哪兒？」

「盥洗室，[1]」我說。

我們回到餐室，在桌邊坐下。

「你完全正常，」我說。「你沒有問題。你沒有一點兒毛病。你從上面往下看自己，就顯得縮短了。到盧浮宮去看看那些人體雕像，然後回家在鏡子裏瞧瞧自己的側影吧。」

「那些雕像可能並不準確。」

「雕得相當好。大多數人會對此感到滿足的。」

「可是為甚麼她會談起這個呢？」

「為了使你幹不下去。這是世界上使人幹不下去的最古老的辦法。司各特，你要我對你講真話，我還能告訴你一大堆，可這就是你需要的絕對的真話。你本該去找一位醫生看看的。」

「我不想去。我只要你把真話告訴我。」

「那你現在相信我嗎？」

「我不知道，」他說。

「走，上盧浮宮去，」我說。「沿這條街走去過河就是。」

我們過河去了盧浮宮，他注意察看那些雕像，可是依然對自己持懷疑態度。

「這基本上不是一個處於靜止狀態的尺寸問題，」我說。「這是一個能變成多大的問題。也是一個角度問題。」我向他解釋，談到墊一隻枕頭和一些別的東西，也許知道了會對他有用。

「有一個小姑娘，」他說，「她一直對我很好。可是在姍爾達說了那些話以後——」

「忘了姍爾達說過的話吧，」我對他說。「姍爾達瘋了。你一點毛病也沒有。只要有信心，幹那位姑娘要你幹的事吧。姍爾達只是想把你毀了。」

「你對姍爾達一無所知。」

「好吧，」我說。「我們就到此為止。可你上這兒來吃午飯為的是問我一個問題，而我已經盡可能給你誠實的答覆了。」

但是他仍舊將信將疑。

「我們去觀賞一些名畫好嗎？」我問道。「你在這兒除了蒙娜·麗莎還看過甚麼？」

「我沒心思看畫，」他說。「我約好了要在里茨飯店的酒吧跟一些人碰頭。」

多年以後，第二次世界大戰結束以後很久，喬治，當司各特住在巴黎時還是里茨飯店酒吧的一名chasseur[2]，如今已是酒吧的領班了，問我，「爸爸，[3]人人都向我打聽的菲茨傑拉德先生是甚麼人呀？」

「你當時不認識他？」

「不。那時上這兒來的人我全都記得。可是現在他們只向我打聽他。」

「你跟他們說甚麼呢？」

「凡是他們想聽的有趣事兒。能叫他們高興的事兒。可是告訴我，他是誰呀？」

「他是二十年代初的一位美國作家，後來在巴黎和外國待過一段時間。」

「可我怎麼就記不起他來？他是個好作家嗎？」

「他寫了兩本非常出色的書，還有一本沒有寫完，[4] 據那些最了解他的作品的人說該是一部非常精彩的作品。他還寫過一些很好的短篇小說。」

「他常來這酒吧嗎？」

「我想是這樣的。」

「可你在二十年代初沒有上這酒吧來。我知道那時你很窮，住在另一個地區。」

「我有錢的時候，常去克利永飯店。」

「這我也知道。我記得很清楚我們第一次見面的情況。」

「我也是。」

「真奇怪我竟然記不起他了，」喬治說。

「那些人都死啦。」

「可還是有人忘不了那些死去的人，人們還是不斷向我問起他。你一定得告訴我一些關於他的事，讓我寫回憶錄時用。」

「我會告訴你的。」

「我記得你跟馮．布利克森男爵有天晚上上這兒來——那是在哪一年？」他微笑着問。

「他也死啦。」

「是啊。可是人們沒有忘記他。你明白我的意思嗎？」

「他的第一任妻子[5]文章寫得可真漂亮，」我說。「她寫了一本可說是我讀過的最優秀的關於非洲的書。那是說除了塞繆爾．貝克勳爵的那本寫阿比西尼亞境內那些尼羅河支流的書之外。把這些寫進你的回憶錄吧。既然你現在對作家感興趣。」

「行啊，」喬治說。「那男爵可不是一個你會忘掉的人。那本書叫甚麼名字？」

「《走出非洲》，」我說。「布利基[6]始終為他的第一個妻子的作品感到十分驕傲。不過在她寫出那部書以前好久我們就相識了。」

「可是人們不斷向我打聽的那位菲茨傑拉德先生呢？」

「他是在弗蘭克當領班時來的。」

「是啊。那時我還是名 chasseur。你知道 chasseur 是幹甚麼的。」

「我準備在我想寫的一本關於在巴黎早年生活的書裏寫一些有關他的事。我指望我會把它寫出來。」

「好啊，」喬治說。

「我會把我記得的第一次結識他的情景分毫不差地寫進書去。」

「好啊，」喬治說。「這一來，要是他來過這裏，我會記起他的。畢竟你不會忘記見過的人的。」

「那些旅遊者嗎？」

「自然囉。可是你說他當初常來這兒？」

「對他來說意義重大。」

「你就照你記憶所及寫他，這樣要是他上這兒來過我會記起他的。」

「我們走着瞧吧，」我說。

註釋：

[1] 既然姍爾達說是尺寸大小問題，海明威就只好帶司各特去廁所，驗明「正身」，然後予以釋疑。

[2] chasseur，法語，意為旅館中跑腿的穿制服的小郎。

[3] 爸爸是海明威眾多的綽號之一。

[4] 菲茨傑拉德已於一九四零年去世，終年僅四十四歲。這部未完成的小說《最後一位影業鉅子》以好萊塢為背景，於一九四一年出版，一九七六年被搬上銀幕，由羅伯特·德尼羅等好幾位大明星主演。

[5] 馮·布利克森男爵（Bror von Blixen, 1886-1946）為丹麥貴族，一九一四年和卡倫·迪內森結婚，她後來在當時的英屬肯亞開辦咖啡種植農場，因經營失敗，於一九三一年回國，開始寫作，一九三四年以伊薩克·迪內森（Isak Dinesen, 1885-1962）為筆名，發表英文版《哥特式故事七則》而成名。《走出非洲》是於一九三七年發表的關於非洲見聞的散文集。海明威和這對夫婦有私交，很讚賞她的敘事藝術，一九五四年底得諾貝爾文學獎金後，曾向人講伊薩克·迪內森也完全有資格得獎。男爵美丰姿，生活不加檢點，和她離了婚，後死於車禍。

[6] 馮·布利克森姓氏的簡稱。

巴黎永遠沒有個完

等我們成了三個人而不是只有兩個人[1]，正是那寒冷惡劣的天氣在冬季終於促使我們從巴黎搬了出去。你單身一人，只要習慣了就沒有問題。我總是可以去一家咖啡館寫作，可以放一杯奶油咖啡在面前，寫它一個上午，這時候侍者們正在清掃咖啡館，而咖啡館裏漸漸暖和起來。我的妻子可以出去教鋼琴，那地方雖然冷，穿上足夠的羊毛衫保暖，就能彈琴了，然後回家給邦比餵奶。然而冬天帶嬰兒上咖啡館是不行的，儘管那是一個從不哭泣、看着周圍發生的一切從不感到膩味的嬰兒。那時還沒有臨時給人照看嬰孩的人，邦比在他那有高欄杆的床上跟他那可愛的名叫「F貓咪」的大貓快活地待在一起。有人說讓貓跟嬰兒待在一起很危險。那些最最愚蠢、懷有偏見的人說貓會吸掉嬰兒的氣息然後把他害死。還有人說貓會躺在嬰兒的身上，把嬰兒壓得悶死。每逢我們外出以及那鐘點女傭瑪麗有事離開時，F貓咪會在這有高欄杆的床上躺在邦比的身旁，用它那雙黃色的大眼睛注意望着房門，不讓任何人挨近他。沒有必要找個臨時照看嬰兒的人，F貓咪就是。

但是當你窮困的時候，而且等我們從加拿大回來放棄了所有的新聞工作，短篇小說也一篇都賣不出去，我們可真是窮極了，而在巴黎的冬天帶一個嬰兒真是太艱苦了。才三個月時，邦比先生乘肯納德輪船公司[2]一條小輪船橫渡北大西洋從紐約經哈利法克斯航行十二天於一月份來到這裏。旅途中他從沒哭一聲，逢到有風暴的天氣，他被擋板圍在一張鋪上免得滾落下來，這時他會快活地笑起來。但是我們的巴黎對他來説真是太冷了。

我們去了奧地利福拉爾貝格州的施倫斯。穿過了瑞士，我們到達奧地利邊境的菲德科爾契。火車穿過列支敦士登[3]，在布盧登茨停下，那裏有一條小支線沿着一條有卵石河床和鱒魚的河蜿蜒穿過一道有農莊和森林的山谷到達施倫斯，那是一座向陽的集市城鎮，有鋸木廠、商店、小客棧和一家很好的一年四季營業的名叫「陶布」[4]的旅館，我們就住在那裏。

陶布旅館的房間大而舒適，有大火爐、大窗戶和鋪着上好的毯子和鴨絨床罩的大床。飯菜簡單但是非常出色，餐廳和用厚木板鋪地的酒吧間內火爐生得旺旺的，予人以友好之感。山谷寬闊而開敞，因此陽光充足。我們三個人的膳宿費每天大約兩美元，隨着奧地利先令由於通貨膨脹而貶值，我們的房租和伙食費不斷地在減少。但是這裏不像在德國那樣有致命的通貨膨脹和貧困現象。奧地利先令時漲時落，但就其長期趨勢而言則是下跌的。

施倫斯沒有送滑雪者登上山坡的上山吊椅，也沒有登山纜車，但是有運送原木的小路和放牛的羊腸小徑，通向不同的山坡，到達高峻的山地。你帶着你的滑雪板徒步向上高高攀登，那裏積雪太厚，你得在滑雪板底上包上海豹皮然後往上爬。在那些山谷的頂上有些為夏季的登山者興建的阿爾卑斯山俱樂部的大木屋，你可以在那裏住宿，用了多少木柴留下多少錢就行。在有些木屋裏，你得運上你自己要用的木柴，或者，如果你準備在崇山峻嶺和冰川地區作長途旅行，你可以僱人給你馱運木柴和給養，並建立一個基地。這些高山基地木屋中最著名的是林道屋、馬德萊恩屋和威斯巴登屋。

陶布旅館後面有一道供練習滑雪用的山坡，從那裏你穿過果園和田野下滑，而山谷對面查根斯後面還有一道很好的山坡，那邊有一家漂亮的小客棧，它的酒屋牆上安着一批上好的羚羊角。正是從位於山谷最遠的一邊那以伐木為業的村子查根斯的南面，你可以暢快地一路向上攀登，直到最後穿過群山，翻過西爾維雷塔山脈[5]，進入克洛斯特斯城一帶。

施倫斯對邦比來說是一個有益健康的地方，有一個頭髮深黑的美麗姑娘帶他坐上他的雪橇，帶他出去曬太陽，並且照料他，哈德莉和我則要熟悉這整整一片陌生的地區和好些陌生的村子，而鎮上的人們非常友好。瓦爾特·倫特先生是高山滑雪的一位先驅者，一度曾是那了不起的阿爾伯格滑雪家漢納斯．施奈德[6]的合作者，他製造滑雪板用的蠟，供攀登並在種種積雪的情況下使用，這時正開辦一所訓練高山滑雪的學校，我們倆都報名參加了。瓦爾特．倫特的教學法是盡快地讓他的學生們離開那道練習用的斜坡，到高山地區去滑雪旅行。那時的滑雪和現在的不一樣，迴旋滑行造成的骨折那時還沒有變得這樣習見，而且誰也承受不起一條斷裂的腿。那時也沒有滑雪巡邏隊。你從哪兒滑下去，你就得從哪兒爬上來。這樣能使你的兩條腿鍛煉得適宜於往下滑。

瓦爾特．倫特認為滑雪的樂趣在於向上攀登進入最高的山地，那裏除了你以外沒有別人，那裏的積雪還從未留下人的足跡，然後從阿爾卑斯山上的一個高山俱樂部的木屋，翻過阿爾卑斯山的那些山巔隘口和冰川滑行到另一個木屋。你的滑雪板絕不能繫得太緊，免得摔倒時會弄斷你的腿。在滑雪板弄斷你的腿之前，就得讓它自動掉下。他真心喜愛的是身上不繫繩索的冰川滑雪，但是我們得等到來年春天才能這樣幹，那時冰川上的裂縫已相當嚴密地被覆蓋了。

哈德莉和我從我們第一次在瑞士一起嘗試滑雪以來就愛上了這項運動，後來在多洛米蒂山區[7]的科蒂納．丹佩佐，當時邦比快要生了，但米蘭的醫生准許她繼續滑雪，只是要我保證不讓她摔倒。這就必須極其小心地選擇地形和滑行道，並絕對控制好滑行，但是她長着雙美麗的、非常強勁的腿，能很好地操縱她的滑雪板，因此沒有摔跤。我們都熟悉不同的雪地條件，每個人都懂得怎樣在乾粉一般的厚雪中滑行。

我們喜愛福拉爾貝格州，我們也喜愛施倫斯。在感恩節前後我們將到那兒去，直待到將近復活節。在施倫斯總是可滑雪，即便對於一個滑雪勝地來說地勢不夠高，除非碰到一個下大雪的冬天。但登山是一種樂趣，在那些日子誰都不會介意。只要你確定一種大大低於你能攀登的速度的步子，登山並不難，你的心胸感覺舒暢，你還為你背負的登山背包的重量不輕而感到自豪。登上馬德萊恩屋的山坡有一段路很陡，非常艱苦。但是你第二次攀登時就比較容易了，最後你背上雙倍於你最初所背的重量也輕鬆自如了。

我們總是感到很餓，每次進餐都是一件大事。我們喝淡啤或黑啤、新釀的葡萄酒，有時是已存了一年的葡萄酒。那幾種白葡萄酒是其中最佳的。其他酒類則有當地那個河谷釀製的櫻桃白蘭地和用山龍膽根蒸餾而成的烈酒。有時我們晚餐吃的是加上一種醇厚的紅葡萄酒沙司的瓦罐燜野兔肉，有時則是加上栗子沙司的鹿肉。與此同時，我們吃這些時常喝紅葡萄酒，即使它比白葡萄酒貴，而最好的要二十美分一升。一般的紅酒要便宜得多，因此我們把小桶裝的帶到馬德萊恩屋去。

我們有一批西爾維亞．比奇讓我們帶着供冬天閱讀的書籍，我們還可以跟鎮上的人在直通旅館的夏季花園的場地上玩地滾球。每星期有一兩次，人們在旅館餐廳裏打撲克，這時餐廳門窗緊閉。當時奧地利禁止賭博，我跟旅館主人內爾斯先生、阿爾卑斯山滑雪學校的倫特先生、鎮上的一位銀行家、檢察官和警官一起玩。這是一種很緊張的賭博，他們都是打撲克的好手，除了倫特先生打得太野以外，因為滑雪學校根本賺不到錢。那警官一聽到那兩名警察巡邏中在門外停下時就把一個手指舉到耳邊，我們就都不作聲，直到他們向前走去。

天一亮，女傭便在清晨的寒氣中走進房來關上窗子，在大瓷火爐裏生起火來。於是房間裏暖和了，而早餐有新鮮麵包或者烤麵包片，配上美味可口的蜜餞和大碗咖啡，如果你要的話，還有新鮮雞蛋和出色的火腿。這裏有條狗名叫施瑙茨，牠睡在床腳邊，喜歡陪人去滑雪，我向山下滑去時愛騎在我背上或伏在我的肩膀上。牠也是邦比先生的朋友，常陪他和他的保姆外出散步，跟在小雪橇旁邊。

施倫斯是一個寫作的好地方。我知道這一點，因為在一九二五和一九二六年冬天我在那裏進行了我所做過的最困難的修改工作，當時我必須把我在六個星期內一口氣寫成的《太陽照常升起》的初稿修改成一部長篇小說。我記不得我在那裏寫了哪些短篇小說了。儘管有幾篇寫出後反應不錯。

我記得當我們肩上背着滑雪板和滑雪桿、冒着寒冷走回家去的時候，通往村子的路上的積雪在夜色中咯吱咯吱地作響，我們注意察看遠處的燈火，最後看到了房屋，而路上每個人都對我們說，「你們好。」那小酒店裏總是擠滿了村民，他們穿着鞋底釘着釘子的長統靴和山區的服裝，空氣裏煙霧繚繞，木頭地板上釘子的印痕斑斑。許多年輕人在奧地利阿爾卑斯團隊中服過役，有一個叫漢斯的，在鋸木廠工作，是一個著名的獵人，我們成了好朋友，因為曾在意大利同一個山區待過。我們一起喝酒，大家都唱着山區的歌謠。

我記得那些羊腸小徑，穿過村子上方那些山坡上的農莊的果園和農田，記得那些溫暖的農舍，屋子裏有大火爐，雪地裏有大堆的木柴。婦女們在廚房裏梳理羊毛，紡成灰色和黑色的毛線。紡紗機的輪子由腳踏板驅動，毛線不用染色。黑色毛線從黑綿羊身上的羊毛取來。羊毛是天然的，毛中含的油脂沒有去掉，因此哈德莉用這種毛線編結成的便帽、毛線衫和長圍巾沾了雪也不會濕。

有一年聖誕節上演了漢斯・薩克斯[8]創作的一齣戲，是那位學校校長導演的。那是一齣很好的戲，我給地區的報紙寫了一篇劇評，由旅館主人譯成德文。另外有一年，來了一位剃着光頭、臉有傷疤的德國前海軍軍官，作了一次關於日德蘭半島戰役[9]的演講。幻燈片顯示雙方艦隊的調遣行動，那海軍軍官用一根台球桿做教鞭，指出傑利科[10]的怯懦表現，有時他憤怒得嗓音都嘶啞了。那校長生怕他會用台球桿把屏幕都刺穿。演講結束後，這位前海軍軍官仍舊不能使自己冷靜下來，因此小酒店裏人人都感到不安。只有檢察官和那位銀行家陪他一起喝酒，他們坐在一張單獨的桌子邊。倫特先生是萊茵蘭[11]人，他不願參加這次演講會。有一對從維也納來的夫婦，是來滑雪的，但是不願去高山地區，所以離開這裏去了蘇爾斯，我聽說，他們在那裏的一次雪崩中喪了生。那個男的曾說正是這個演講者這種蠢豬斷送了德國，而且二十年之內還會再幹上一次。同他一起來的女人用法語叫他閉上嘴巴，說這裏是個小地方，你哪知道會出甚麼事？

正是那年有許多人死於雪崩。第一次大失事是在阿爾貝格山隘北的萊希，就在離我們那個山谷不遠的高山上。有一批德國人趁聖誕假期想上這兒來跟倫特先生一起滑雪。那年雪下得晚，當一場大雪來臨時，那些山丘和山坡因為陽光的照射還是溫暖的。雪積得很厚，像乾粉那樣，根本沒有和地面凝結。對滑雪的條件來說沒有比這更危險的了，所以倫特先生曾發電報叫這批柏林人不要來。但那是他們的節假日，他們顯得很無知，不怕雪崩。他們到了萊希，但倫特先生拒絕帶他們出發。他們中有一個人罵他是懦夫，他們說要自己去滑雪。最後他把他們帶到他能找到的最安全的山坡上。他自己先滑了過去，他們隨後跟上，突然間，整個山坡一下子崩塌下來，像潮水漲起蓋住了他們。挖出了十三個人，其中九人已經死去。那家阿爾卑斯山滑雪學校在出事前就並不興旺，而事後我們幾乎成了唯一的學員。我們成為鑽研雪崩的專家，懂得不同類型的雪崩，怎樣躲避雪崩，如果被困在一場雪崩中該如何行動。那年我寫的大部份作品都是在雪崩時期完成的。

我記得那個多雪崩的冬天最糟的一件事是關於有一個被挖出來的人。他曾蹲坐下來，用兩臂在頭的前面圍成一個方框，這是人家教我們這樣做的，這樣在雪蓋住你的時候能有呼吸的空間。那是一次大雪崩，要把每個人都挖出來得花很長一段時間，而這個人是最後一個被發現的。他死了沒多久，脖子給磨穿了，筋和骨頭都露了出來。他曾頂着雪的壓力把頭擺來擺去。在這次雪崩中，一定有些已壓得很堅實的陳雪混合在這崩瀉的較輕的新雪中了。我們無法肯定他是有意這樣擺頭還是神經失常了。但不管怎樣，當地的神父拒絕將他埋葬在奉為神聖的墓地裏，因為沒有任何證據可以證明他是天主教徒。

我們住在施倫斯的時候，經常爬上山谷長途旅行到那小客棧去過夜，然後出發登山前往馬德萊恩屋。那是一家非常漂亮的老客棧，我們吃飯飲酒的房間四面的板壁多年來擦拭得像絲綢般發亮。桌子和椅子也都是這樣。我們把臥室的窗子打開，兩人緊挨着睡在大床上，身上蓋着羽毛被子，星星離我們很近而且十分明亮。清晨，吃了早餐，我們裝備齊全上路，開始在黑暗中登山，星星離我們很近而且十分明亮，我們把滑雪板扛在肩上。那些腳夫的滑雪板較短，他們背着很重的背囊。我們彼此比賽誰能背最重的背包登山，但是誰也比不過那些腳夫，這些身材矮胖、面色陰沉的農民，只會講蒙塔豐河谷[12]的方言，爬起山來沉着穩定得像馱馬，到了山頂，那阿爾卑斯高山俱樂部就建築在積雪的冰川旁一塊突出的岩石上，他們靠着俱樂部的石牆卸下背囊，要求得到比原先講好的價錢更多的報酬，等拿到了一筆雙方妥協的錢，便像土地神似地踩着他們的短滑雪板箭一般地滑下山去了。

我們的朋友中有一個德國姑娘，她陪我們一起滑雪。她是個極好的高山滑雪者，身材嬌小，體態優美，能背跟我的一樣重的帆布背包而且背的時間比我長。

「那些腳夫老是望着我們，彷彿巴不得把我們當屍體背下山去，」她說。「他們定下了上山的價錢，可是就我所知，他們沒有一次不向客人多要錢的。」

冬天，我在施倫斯蓄了一部大鬍子，免得在高山的雪地上讓陽光把我的臉嚴重地灼傷，並且也不願費事去理髮。有一晚，時間很晚了，我踩着滑雪板在運送木材的小道下滑時，倫特先生告訴我，我在施倫斯另一邊的路上遇到的那些農民管我叫「黑臉基督」。他說有些人來到那家小酒店，把我叫做「喝櫻桃白蘭地的黑基督」。可是在蒙塔豐河谷又高又遠的另一端，我們僱來攀登馬德萊恩屋的那些農民，卻把我們看作洋鬼子，本該離這些高山遠遠的，卻偏偏闖了進來。我們不等天亮就出發，為了不讓太陽升起後使雪崩地段在我們通過時造成危險，我們這種做法並沒有贏得他們的稱讚。這不過證明我們像所有的洋鬼子一樣狡猾而已。

我記得松林的氣息，記得在伐木者的小屋裏睡在山毛櫸樹葉鋪成的褥墊上，以及循着野兔和狐狸出沒的小徑在森林中滑雪。我記得在樹木生長線以上的高山地區追蹤一隻狐狸的蹤跡，直到見到了牠，觀察牠舉起了右前腳直豎起來，接着小心翼翼地站住了，接着突然一躍而起，只聽得一陣響，一隻白色的松雞從雪地竄起，越過地壟而去。

我記得風能把積雪吹成各種各樣的形態，你穿着滑雪板滑行時，它們會給你帶來不同的危險。再說，你住在高峻的阿爾卑斯山上的木屋中時會碰上暴風雪，這種暴風雪會造成一個陌生的世界，我們在其中必須小心翼翼選定我們滑行的路線，彷彿我們從未見過這個地區似的。我們也確實從未見過，因為一切都變了樣。後來，春天快到了，開始大規模的冰川滑雪，平穩筆直，只要我們的兩腿支撐得住，就能一直筆直地向前滑行，我們併攏腳踝，滑行時身體俯得很低，用前傾來增加速度，在凍脆的粉狀冰雪發出的輕輕的嗞嗞聲中不斷地、不斷地下滑。這比任何飛行甚麼的都美妙，我們練就了這樣滑雪的技巧，在背負着沉重的帆布背包進行長途登山時也運用到了。我們既不能花錢買到登山的旅行，也搞不到去山頂的票。這就是我們整整一冬練習的目的，而這一冬的努力使這成為可能。

我們在山區的最後一年，有些新來的人深深地打進我們的生活，從此一切都與往昔不同了。那個多雪崩的冬季與翌年冬季相比，像是童年時代的一個快樂而天真的冬季，而後者卻是一個偽裝成最最饒有趣味的時刻的夢魘般的冬季，隨之而來的是個殺氣騰騰的夏季。有錢人就在那一年露面了。

有錢人來的時候，有一種「引水魚」[13]先他們而至，這種人有時有點兒聾，有時有點兒瞎，但人未到總是先散發出一股使人愉快但卻顯得猶豫不決的味道。這引水魚會這樣說：「哦，我不知道。不，當然，不盡是如此。可我喜歡他們。我喜歡他們倆。是的，老天作證，海姆；我確實喜歡他們。我明白你的意思，可我真心喜歡他們，而且她有一種極美的風度。」（他說出她的名字[14]，唸得很親切。）「不，海姆，別犯傻了，也別那麼彆扭。我真心喜歡他們。我發誓，他們倆我都喜歡。你認識了他就會喜歡他的（用的是他牙牙學語時的小名[15]）。他們倆我都喜歡，真的。」

於是你遇上了有錢人，一切就跟往昔不同了。那引水魚當然就走了。他總是要到甚麼地方去，或者從甚麼地方來，但是從不在一處地方待得很久。他出入政界或者戲劇界，跟他早年出入國門和出入人們的生活一樣。他從不受騙上當，有錢人騙不了他。從來沒有甚麼能騙得過他，只有那些信任他的人才受了騙而且被害死了。他早年受過怎樣做壞蛋的那種無法替代的訓練，對金錢暗暗懷有一種長期無法滿足的愛好。他最後由於隨着每賺一塊錢就向正確的方向靠近一步，自己也發了財。[16]

這些有錢人都喜愛他並信任他，因為他靦腆、詼諧、令人難以捉摸，已經有所建樹，還因為他是一條從不犯錯誤的引水魚。

當你有這樣兩個人，他們互相愛戀，快樂，歡悅，其中有一個或雙方都在幹着真正了不起的工作，人們就會被他們吸引，就像候鳥在夜間準會被引向一座強大的燈塔一樣。如果這兩人意志堅強，就不會受到傷害，就像燈塔一樣，只會對那些候鳥造成傷害。那些以自己的幸福和成就吸引人們的人往往是缺乏經驗的人。他們不知道怎樣才不致被人壓倒以及怎樣才可以脱身。他們並不總是聽説過那些善良的、有魅力的、迷人的、很快被人愛上的、慷慨大度的、懂事的有錢人，這些有錢人沒有卑劣的品質，能使每一天都帶上節日的色彩，而且一旦他們經手並享受了他們所需要的養料，留下的一切就比阿提拉[17]的馬隊的鐵蹄曾經踐踏過的草原更加了無生氣。

有錢人由引水魚帶領前來。一年前他們決不會來。那時他們還沒有把握。儘管工作幹得同樣出色，而且感到更幸福，但是還沒寫出甚麼長篇小説，所以他們還沒有把握。他們在一些無法確定的事情上從不浪費他們的時間和魅力。他們幹嗎該這樣幹呢？畢加索是有把握的，當然啦，在他們聽到過繪畫之前就已經如此。他們對另一位畫家卻是確信無疑。還有很多別的畫家。但是今年他們感到有把握了，而且那引水魚也來了，他們從引水魚嘴裏得到了保證，所以我們不會覺得他們是外來者，我也不會跟他們鬧彆扭了。那引水魚當然是我們的朋友囉。

在那些日子裏，我信任引水魚就像我信任，比如說吧，那《水文局地中海航行指南》的修訂本或者《布朗氏航海年鑒》中的那些一覽表一樣。當着這些有錢人的魅力，我像隻捕鳥獵犬那樣輕信和愚蠢，願意跟任何一個帶槍的人一起外出，或者像馬戲班裏受過訓練的豬那樣終於找到有個人單單為他自己而喜歡並欣賞他。每天都該是個節日，這對我來說似乎是個妙不可言的發現。我甚至高聲朗讀我那部小說已修改好的部份，這樣做可說是一個作家所能做的最惡劣的事兒，這對他作為一個作家來說比身上不繫繩索就在隆冬的大雪還沒有覆蓋冰川的裂隙上滑行要危險得多。

當他們說，「了不起啊，歐內斯特。這可真了不起。你哪知道會有多好啊，」我快活地搖着尾巴，一頭扎進生活就是過節這個想法，想看看我能不能叼回一根誘人的骨頭，而不是心想「要是這些混蛋喜歡它，那會有甚麼錯呢？」如果我是以專業作家自居來搞寫作的，我就會這樣想，儘管如果我真是以專業作家自居來搞寫作的，我就根本不會讀給他們聽了。

在這些有錢人來到之前，我們已經被另一個有錢人利用最古老的詭計打進來了。那是説，有個未婚的年輕女子成為另一個年輕的已婚女子的一時的好朋友，她搬來同那丈夫和妻子住在一起，接着神不知鬼不覺地，天真無邪地，毫不留情地企圖與那丈夫結婚。[18]那丈夫是個作家，正艱難地寫作着，因此很多時間忙不過來，在大部份白天的時間裏對那妻子來説他不是個好伴侶或夥伴，在這情況下，這種安排有它的好處，但等到你看到如何發展就不對了。做丈夫的工作之餘有兩個迷人的姑娘圍在他身邊轉。一個是新的，陌生的，而如果他運氣不好，就會兩個都愛。

於是，他們不再是兩個成人加上他們的孩子，現在是三個成人了。起初這樣倒也挺刺激的，而且也很有趣，就這樣維持了一陣子。一切真正邪惡的事都是從一種天真狀態中生發的。你就這樣一天天地活下去，享受着你所擁有的而且毫不擔心。你撒謊，又恨撒謊，這就把你毀了，而每一天都比過去的一天更危險，但是你一天天地活下去，恍如在一場戰爭之中。

我必須離開施倫斯，到紐約去重新安排由哪家出版社出我的書[19]。我在紐約辦好了我的事，等我回到巴黎，我原該從東站乘上第一班火車把我一直載向奧地利。但是我愛上的那個姑娘[20]那時正在巴黎，我就沒有乘這第一班車，也沒有乘第二班或第三班車。

等火車終於在一堆堆原木旁駛進車站時我又見到我的妻子，她站在鐵軌邊，我想我情願死去也不願除了她去愛任何別的人。她正在微笑，陽光照在她那被白雪和陽光曬黑的臉上，她體態美麗，她的頭髮在陽光下顯得紅中透着金黃色，那是整個冬天長成的，長得不成體統，卻很美觀，而邦比先生跟她站在一起，金髮碧眼，矮墩墩的，兩頰飽經冬季風霜，看起來像個福拉爾貝格州的好孩子。

「啊，塔迪，」她說，這時我把她摟在懷裏，「你回家了，你這次旅行把事辦得多成功啊。我愛你，我們都非常想念你。」

我愛她，我並不愛任何別的女人，我們單獨在一起時度過的是美好的令人着迷的時光。我寫作很順利，我們一起作過幾次非常愉快的旅行，因此我認為我們又成為不可損害的伴侶了，但是等到我們在暮春時分離開山區回到了巴黎，另外的那件事重新開始了。[21]

這就是在巴黎的第一階段的生活的結束。巴黎決不會再跟她往昔一樣，儘管巴黎始終是巴黎，而你隨着她的改變而改變。我們再沒有回福拉爾貝格州，那些有錢人也沒有。

巴黎永遠沒有個完[22]，每一個在巴黎住過的人的回憶與其他人的都不相同。我們總會回到那裏，不管我們是甚麼人，她怎麼變，也不管你到達那兒有多困難或者多容易。巴黎永遠是值得你去的，不管你帶給了她甚麼，你總會得到回報。不過這乃是我們還十分貧窮但也十分幸福的早年時代巴黎的情況。

註釋：

[1] 指他和妻子哈德莉於一九二三年生下兒子約翰（乳名邦比），「成了三個人」。

[2] 該公司由英國人塞繆爾·肯納德（Samuel Cunard, 1787-1865）於一八三九年與人合夥創辦，開闢最早的橫渡大西洋的定期航線。

[3] 位於奧地利與瑞士之間的一個小公國。

[4] 德語，意為鴿子。

[5] 西爾維雷塔山脈位於查根斯南奧地利和瑞士東部的國境線上，克洛斯特斯在瑞士東部。

[6] 漢納斯·施奈德（Hannes Schneider, 1890-1955）為奧地利滑雪教練，在施倫斯東北的阿爾伯格山隘地區推廣他的阿爾伯格滑雪技術。

[7] 多洛米蒂山脈（the Dolomites）為意大利北部阿爾卑斯山脈的東段，冬季運動中心。科蒂納．丹佩佐位於其南麓。

[8] 漢斯．薩克斯（Hans Sachs, 1494-1576），德意志詩人、作曲家。創作的六千首詩中有兩百部詩劇，其中的許多喜劇專供懺悔節狂歡活動中演出，受到大眾歡迎。

[9] 日德蘭半島為丹麥王國的大陸部份，第一次世界大戰期間，於一九一六年五月三十一日和六月一日，英國和德國的艦隊在半島北面的斯卡格拉克海峽兩次激戰，英方先敗後勝。但事後德方也宣佈取得勝利。

[10] 傑利科（John Rushworth Jellicoe, 1859-1935），英國海軍上將。在日德蘭半島之戰中任英國艦隊司令，在第一次交戰時，闖入德國海軍主力所在海域，英方損失慘重，被迫撤退。後來在雙方主力的激戰中，才轉敗為勝。

[11] 萊茵蘭（Rhineland）指德國西部萊茵河以西的地區，歷史上有爭議，一八七零至一八七一年普法戰爭後，其中的阿爾薩斯－洛林劃歸普魯士，第一次世界大戰德國戰敗，凡爾賽和約把它劃歸法國，並且規定萊茵河兩岸各五十公里內為永久非軍事區。但後來經常發生危機，一九二三年十月，竟鬧過短期獨立。希特勒上台後，於一九三六年三月把軍隊開進非軍事區。倫特先生雖可算是德國人，卻和下面那個維也納來的奧國人一樣，都反對那前海軍軍官的軍國主義狂熱。

[12] 施倫斯就位於這蒙塔豐河谷中，這些農民靠為旅遊者搬運行李掙錢。

[13] 引水魚（pilot fish），又名舟鰤，據云，鯊魚來到之前即出現舟鰤，故名引水魚。這裏作者用以攻擊作家多斯·帕索斯，以為由於他引來了鯊魚——有錢的墨菲夫婦，終於破壞了他和哈德莉的婚姻。

[14] 指墨菲的太太薩拉的名字。

[15] 墨菲先生名傑拉爾德，小名該是傑里（Gerry）。這時是一九二五年十月，由多斯·帕索斯介紹給海明威。

[16] 以上所述均暗指多斯·帕索斯。

[17] 阿提拉（Attila, 406?-453），大約四三三年起為匈奴王，因曾進攻羅馬帝國，征服了歐洲的大片地區，被稱為「上帝之鞭」（the scourge of god），意即「天罰」。

[18] 指《時尚》雜誌的編輯波琳，後來成為海明威的第二任妻子。

[19] 指《春潮》。他於一九二六年二月乘船去紐約。

[20] 還是指波琳。海明威在紐約斯克里布納出版公司結識了編輯馬克斯韋爾·珀金斯，就此開始長期的合作計劃，以優惠的條件簽訂了出版該書及另一部長篇小說《太陽照常升起》的合同。他總算熬出頭了。

[21] 指他和波琳的戀愛繼續發展，終於導致一九二七年一月和哈德莉離婚，同年五月和波琳結婚。

[22] 猶我國所謂：朝朝寒食，夜夜元宵。和卷首所引作者信中所說的「流動的盛宴」相呼應

天地外國經典文庫

① **到燈塔去**
［英］弗吉尼亞・伍爾夫 著　瞿世鏡 譯

② **鼠疫**
［法］阿爾貝・加繆 著　劉方 譯

③ **動物農場**
［英］喬治・奧威爾 著　榮如德 譯

④ **人間失格**（附《女生徒》）
［日］太宰治 著　竺家榮 譯

⑤ **美麗新世界**
［英］奧爾德斯・赫胥黎 著　陳超 譯

⑥ **都柏林人**
［愛爾蘭］詹姆斯・喬伊斯 著　王逢振 譯

⑦ **局外人**
［法］阿爾貝・加繆 著　柳鳴九 譯

⑧ **月亮和六便士**
［英］威廉・薩默塞特・毛姆 著　傅惟慈 譯

⑨ **柏拉圖對話集**
［古希臘］柏拉圖 著　戴子欽 譯

⑩ **愛的教育**
［意］埃德蒙多・德・亞米契斯 著　夏丏尊 譯

⑪ 一九八四
［英］喬治·奧威爾 著 董樂山 譯

⑫ 老人與海
［美］歐內斯特·海明威 著 李育超 譯

⑬ 泰戈爾散文詩選集
［印度］羅賓德拉納特·泰戈爾 著 吳岩 譯

⑭ 荷風細語
［日］永井荷風 著 陳德文 譯

⑮ 流動的盛宴
［美］歐內斯特·海明威 著 湯永寬 譯

⑯ 最後一片葉子
［美］歐·亨利 著 黃源深 譯

⑰ 面紗
［英］威廉·薩默塞特·毛姆 著 張和龍 譯

⑱ 漂泊的異鄉人
［英］D·H·勞倫斯 著 劉志剛 譯

⑲ 莎士比亞十四行詩集
［英］威廉·莎士比亞 著 馬海甸 譯

⑳ 變形記
［奧］弗蘭茨·卡夫卡 著 謝瑩瑩等 譯

www.cosmosbooks.com.hk

書　　名　流動的盛宴 A Moveable Feast
作　　者　［美］歐內斯特・海明威 Ernest Hemingway
譯　　者　湯永寬
編輯委員會　馬文通　梅　子　曾協泰
孫立川　陳儉雯　林苑鶯
責任編輯　林苑鶯
美術編輯　郭志民
出　　版　天地圖書有限公司
香港皇后大道東109-115號
智群商業中心15字樓（總寫字樓）
電話：2528 3671　傳真：2865 2609
香港灣仔莊士敦道30號地庫／1樓（門市部）
電話：2865 0708　傳真：2861 1541
印　　刷　美雅印刷製本有限公司
香港九龍官塘榮業街 6 號海濱工業大廈4字樓A室
電話：2342 0109　傳真：2790 3614
發　　行　香港聯合書刊物流有限公司
香港新界大埔汀麗路36號中華商務印刷大廈3字樓
電話：2150 2100　傳真：2407 3062
出版日期　2019年9月／初版

ISBN ： 978-988-8547-57-9

本書譯文由上海譯文出版社有限公司授權繁體字版出版發行